Tratado de culinaria para mujeres tristes

Héctor
Abad Faciolince

Tratado de culinaria para mujeres tristes

ALFAGUARA

Papel certificado por el Forest Stewardship Council®

MIXTO
Papel procedente de
fuentes responsables
FSC
www.fsc.org   FSC® C117695

Penguin
Random House
Grupo Editorial

Primera edición: enero de 2013
Séptima reimpresión: mayo de 2023

© 1996, Héctor Abad Faciolince
© 2013, Penguin Random House Grupo Editorial, S. A. U.
Travessera de Gràcia, 47-49. 08021 Barcelona

© Diseño: Penguin Random House Grupo Editorial, inspirado en un diseño original de Enric Satué

Printed in Spain – Impreso en España

ISBN: 978-84-204-0790-6
Depósito legal: B-1385-2018

Impreso en Liber Digital, S. L., Casarrubuelos (Madrid)

AL0790C

A mis cinco hermanas,
mejor dicho,
a mis seis madres.

Si durante un viaje pesado
un joven piensa en su amada,
coja este librito: es provocador
y sedante al mismo tiempo.
Si una muchacha espera
a su amado
coja este librito,
y déjelo a un lado tan sólo
cuando él llegue.

GOETHE
Epigramas venecianos

Nadie conoce las recetas de la dicha. A la hora desdichada vanos serán los más elaborados cocidos del contento. Incluso si en algunas la tristeza es motor del apetito, no conviene en los días de congoja atiborrarse de alimento. No se asimila y cría grasa la comida en la desdicha. Los brebajes más sanos desprenden su ponzoña cuando son apurados por mujer afligida.

Sana costumbre es el ayuno en los días de desgracia.

Sin embargo, en mi largo ejercicio con frutos y verduras, con hierbas y raíces, con músculos y vísceras de las variadas bestias silvestres y domésticas, he hallado en ocasiones caminos de consuelo. Son cocimientos simples y de muy poco riesgo. Tómalos, sin embargo, con cautela: los mejores remedios son veneno en algunas. Pero haz la prueba, intenta. No es bueno que acaricies, pasiva, tu desdicha. La tristeza constipa. Busca el purgante de las lágrimas, no huyas del sudor, tras el ayuno prueba mis recetas.

Mi fórmula es confusa. He hallado que en mi arte pocas reglas se cumplen. Desconfía de mí, no cocines mis pócimas si te asalta la sombra de una duda. Pero lee este intento falaz de hechicería: el conjuro, si sirve, no es más que su sonido: lo que cura es el aire que exhalan las palabras.

En las tardes de lluvia menuda y persistente, si el amado está lejos y agobia el peso invisible de su ausencia, cortarás de tu huerto veintiocho hojas nuevas de hierba toronjil y las pondrás al fuego en un litro de agua para hacer infusión. En cuanto hierva el agua deja que el vapor moje las yemas de tus dedos y remuévela tres veces con cuchara de palo. Bájala del fuego y deja que repose dos minutos. No le pongas azúcar, bébela sorbo a sorbo de espaldas a la tarde en una taza blanca. Si al promediar el litro no notas cierto alivio detrás del esternón, caliéntala de nuevo y échale dos cucharadas de panela rallada. Si al terminar la tarde el agobio persiste, puedes estar segura de que él no volverá. O volverá otra tarde y muy cambiado ya.

Haces volteretas con el cuerpo y la imaginación para evadir la tristeza. ¿Pero quién te ha dicho que se prohíbe estar triste? En realidad, muchas veces, no hay nada más sensato que estar tristes; a diario pasan cosas, a los otros, a nosotros, que no tienen remedio, o mejor dicho, que tienen ese único y antiguo remedio de sentirnos tristes.

No dejes que te receten alegría, como quien ordena una temporada de antibióticos o cucharadas de agua de mar a estómago vacío. Si dejas que te traten tu tristeza como una perversión, o en el mejor de los casos como una enfermedad, estás perdida: además de estar triste te sentirás culpable. Y no tienes la culpa de estar triste. ¿No es normal sentir dolor cuando te cortas? ¿No arde la piel si te dan un latigazo?

Pues así mismo el mundo, la vaga sucesión de los hechos que acontecen (o de los que no pasan) crean un fondo de melancolía. Ya lo decía el poeta Leopardi: «Como el aire llena los espacios entre los objetos, así la melancolía llena los intervalos entre un gozo y otro».

Vive tu tristeza, pálpala, deshójala en tus ojos, mójala con lágrimas, envuélvela en gritos o en silencio, cópiala en cuadernos, apúntala en tu cuerpo, apuntálala en los poros de tu piel. Pues sólo si no te defiendes huirá, a ratos, a otro sitio que no sea el centro de tu dolor íntimo.

Y para degustar tu tristeza he de recomendarte también un plato melancólico: coliflor en nieblas. Se trata de cocer esa flor blanca y triste y consistente, en vapor de agua. Despacio, con ese olor que tiene el mismo aliento que desprende la boca en los lamentos, se va cociendo hasta ablandarse. Y envuelta en niebla, en su vapor humeante, ponle aceite de oliva y ajo y algo de pimienta, y sálala con lágrimas que sean tuyas. Y paladéala despacio, mordiéndola del tenedor, y llora más y llora todavía, que al final esa flor se irá chupando tu melancolía sin dejarte seca, sin dejarte tranquila, sin robarte lo único tuyo en ese momento, lo único que nadie podrá ya quitarte, tu tristeza, pero con la sensación de haber compartido con esa flor inmarchitable, con esa flor absurda, prehistórica, con esa flor que los novios jamás piden en las floristerías, con esa flor de col que nadie pone en los floreros, con esa anomalía, con esa tristeza florecida, tu misma tristeza de coliflor, de planta triste y melancólica.

El peso de los años, como una piedra antigua, un día caerá del insondable tiempo hasta tus pies. Siéntate si estás echada; levántate si estás sentada y corre a un arroyo de aguas (si las encuentras) puras y transparentes. Inclínate y bebe en la cuenca de tu mano hasta sentir, irrefrenable, la invertida sed del vómito. No manches el arroyo, enjuágate la cara sin ensuciar su cauce. Regresa a tu casa y ayuna hasta el alba siguiente. Guarda toda la orina de la noche y muy temprano riega, con ella, la mata de albahaca. Sin recobrar la juventud, serás más joven.

Alguna vez querrás, por motivos que sabes y me sé, que a ese tu austero huésped se le suelte la lengua y pronuncie recónditas palabras. Te advierto que si quieres hacerle tanta fuerza, fuerza será también usar la sangre.

Una vez decidida, pedirás al verdugo de las reses un lomo algo curado de novillo adulto (al menos de tres años). Cortarás las rodajas tan anchas como los cuatro dedos de tu mano, excluyendo el pulgar. Las dejarás de sol a sol al aire libre y a la sombra, apenas cubiertas con un enmallado que rechace las moscas. Conseguirás también mucha pimienta negra que, poco antes del convite, triturarás en el mortero sin dejarla muy fina.

Huesos y menudencias del bovino servirán para hacer un caldo fuerte. Cada rodaja recibirá una cucharada grande de pimienta molida.

Ya el huésped en la mesa, entretenido con alguna lechuga, pondrás en la sartén aceite y mantequilla y delicadamente posarás los trozos de lomo sin moverlos, sin siquiera tocarlos, a fuego vivo, un minuto y medio por cada lado. A los tres minutos, pues, los bajarás del fuego y puestos en un plato les esparcirás la cantidad de pimienta convenida.

Una copa de brandy bien colmada pondrás en la sartén de la fritura, y un poco de ese caldo preparado, como dije, muy fuerte. Deposita los trozos del lomito nuevamente en la olla y deja que el líquido se merme muy despacio por otros tres minutos. Al cabo de este tiempo añade una cucharada de crema por rodaja de carne y deja que la salsa se haga densa sin permitir que hierva.

Pon todo en una fuente y llévalo a la mesa. Se acompaña con pan y con puré de papas. El vino ha de ser tinto de unas uvas que habrán tenido la vendimia antes del quinto año y después del tercero. Este líquido rojo más la rojísima sangre de la res aflojarán la lengua del huésped más prudente y taciturno.

La receta es segura. Pero una condición tendrás en cuenta para que sea infalible: la crema de la salsa se hará con la leche de la misma vaca que parió a la res sacrificada. Si no es así, el huésped de todas formas hablará, pero quizá no diga aquello que pretendes.

Si quieres que otros labios te sean generosos, abre también los tuyos.

Pocas mujeres desconocen el arte de los ojos: la mirada. O lo aprenden mirando o ya nacen con él del vientre de sus madres. Para la brillantez de la mirada he de darte una receta de probable eficacia y de improbable daño. Consiste en enjuagarte los ojos con una solución de dos pizcas de sal por litro de agua hervida. Ya sé que algo tan simple no te sonará mágico. La sencillez inspira desconfianza; es esta la razón por la que brujos, curanderos y médicos viven inventando palabras y conjuros bastante altisonantes: nadie cree en lo simple. Lávate pues los ojos con lo dicho, y mientras te los lavas pronuncia esta plegaria de misterioso embrujo: ¡Inocuo antojo, inicuo abrojo, dame la luz del ojo!

Más nítidos tendrás los colores del iris, más transparente la córnea, más libres las pestañas, más blanco el blanco que enmarca el más brillante prisma de tu cristalino. Y alumbrará tanto tu mirada que los que alcancen a vislumbrar por un momento tus pupilas no podrán más que parpadear de asombro.

Si algún día te enfermas de palabras, como a todos nos pasa, y estás harta de oírlas, de decirlas. Si cualquiera que eliges te parece gastada, sin brillo, minusválida. Si sientes náuseas cuando oyes «horrible» o «divino» para cualquier asunto, no te curarás, por supuesto, con una sopa de letras.

Has de hacer lo que sigue: cocinarás *al dente* un plato de espaguetis que vas a aderezar con el guiso más simple: ajo, aceite y ají. Sobre la pasta ya revuelta con la mezcla anterior, aunque esto lo prohíba la etiqueta, rallarás un estrato de queso pecorino. Al lado derecho del plato hondo colmo de espaguetis con lo dicho, pondrás un libro abierto. Al lado izquierdo, pondrás un libro abierto. Al frente, un vaso lleno de vino tinto seco. Cualquier otra compañía no es recomendable. Pasarás al azar las páginas de uno y otro libro, pero ambos han de ser de poesía. Sólo los buenos poetas nos curan la llenura de palabras. Sólo la comida simple y esencial nos cura los hartazgos de la gula.

Que no te aprese la mezquina costumbre del sollozo y cúrate de esto con porciones de arroz blanco. Te bastará una taza. Enjuágalo tres veces hasta que su agua lechosa se vuelva tenue y suave como seno de nodriza. Pon el doble de agua y una pizca de sal. Cuando haya hervido el agua revuélvela una vez. Ponle a la olla tapa y baja el fuego. Diez minutos después apaga el fuego sin destapar la olla. Espera un cuarto de hora con el arroz tapado. Luego podrás comer.

Si tienes una yema muy fresca de pato o de gallina, la puedes revolver con tu plato de arroz. El color de la yema en el arroz ahuyenta los sollozos y suprime el llanto. Si mucho, algo después, te quedará el rescoldo intermitente, casi jocoso, involuntario, del hipo.

La única noche, dijo alguien, es la del desvelo, la noche pasada en blanco. No se guarda memoria de las noches dormidas. Así el amor: el más inolvidable es el que nunca fue.

Como para el insomnio, también para el olvido hay jarabes y menjurjes. Pero ambos son remedios sin discernimiento. Los unos te dormirán tanto (sin sueños y sin sueño), que será como morir. Con los otros no olvidarás, si los tomas, lo que quieres olvidar: lo olvidarás todo, augusto o disgustoso que haya sido.

No te revelo, pues, mis brebajes para el sueño y el olvido. Poseen el mismo efecto que tiene la cicuta.

A quienes —luchadores empedernidos de lo autóctono— te reprochen tus platos forasteros, tendrás que recordarles que también los frisoles y el ajiaco, la carne en polvo y el chicharrón son importados. Ni marranos ni judías ni gallinas había en estas tierras del extremo occidente. Que llevemos tres siglos cocinando plátanos verdes y maduros no quita la verdad de que nos los trajeron, con sus esbeltos cuerpos, los esclavos.

Una vida es muy corta para el transcurso de la historia y si llevamos apenas decenios comiendo, qué sé yo, queso amarillo o lomo a la bernesa, dentro de dos milenios parecerá todo tan viejo como el chócolo, tan autóctono como el tamal, tan ancestral como el pan ácimo tragado con palabras sangrientas y carnales. Hace apenas un siglo, en los días de parsimoniosa llovizna bogotana, tomar café era cosa de esnobs y a los raigales se recomendaba beber sólo chocolate, si no querían pasar por extravagantes.

Los fundamentalistas del estómago limítense a la yuca, la papa o el tomate. Cosas buenas, mas pocas. En todo caso, si creen que su pasado es único, que no son un misceláneo menjurje de americano, europeo y africano, que se dediquen a cultivar sus limitados horizontes.

Yo por mí, tú por ti, siéntete multitud de todo aquello, y como pez en el agua y a tus anchas paséate con la felicidad de no sentirte falsa en ninguna de estas tres tradiciones culinarias. Es más, tampoco sientas ajena la oriental. Todo lo humano es de todos y así como el arroz nos deleita la lengua, también los chinos deberán encontrar, pues les conviene, el gusto por la arepa.

Mujer, quédate en paz, come lo que te guste que casi todo es bueno, venga de donde venga. El regionalismo culinario no es más que una estrechez de entendederas. Pocos versos tan tontos como esos de un *poeta de la raza* (¿de qué raza hablarán?) en que se trenza en disputa feroz a favor del maíz, contra la papa:

> *¡Salve, segunda trinidad bendita,*
> *Salve, frisoles, mazamorra, arepa!*
> *(...) ¡Oh, comparar con el maíz las papas.*
> *Es una atrocidad, una blasfemia!*

Eso sí, si un día estás en la obligación de invitar a personas que se jactan de ser muy naturales, muy locales y auténticas, perfectamente autóctonas, de esas que se envanecen porque jamás han ido a tierra ajena, entonces ese día les preparas nuestro más ancestral plato, la comida nuestra por antonomasia, maravilloso descubrimiento culinario de los indígenas que poblaban nuestras tierras por los lados del Citará. La receta está dada por un cronista de la Colonia y consiste en freír unos gusanitos que los indios llamaban mojojú y nosotros todavía conocemos como mojojoi.

Son, decía el viajero, «gusanos más blancos que un armiño, pero mejor criados, robustos y macizos, tienen las cavezas encarnadas, y llaman mojojú. Estos, para gente de minas y todos los que se hallan radicados en los montes, son muy apetecidos, pues dicen que es un bocado muy delicado, y lo que he observado es que no son más que manteca pues los he visto beneficiar para freír. Los rompen a lo largo por la mitad, les sacan las entrañas, que no es más que a modo de una flauta muy sutil, les cortan la cabeza, y los tajan lo propio que tocino de cerdo, les echan sal, y los ponen en una sartén al fuego. Rinden mucha manteca, fríen huevos en ella, y lo que quieren, y el tostado o chicharrón que queda lo comen con muchísimo gusto. Guisados, y de mil maneras los comen, son muy útiles, pues en sus tiempos se proveen varios negros con estos gusanos de manteca para muchos días».

Ya verás, mujer, el éxito que tendrás con el mojojoi. Es deliciosa y auténtica comida, para hígados acostumbrados a nuestras hormigas culonas del cementerio de Bucaramanga. Dirás tan sólo que son langostinos o camarones autóctonos (de la tierra, mejor dicho), pura comida de las entrañas de nuestro propio suelo. Si no se los comen, al menos callarán.

La pulpa blanca del lenguado es manjar para enfermos. No quieras atraer la enfermedad comiendo, tú, lenguado. Aunque no, esto es superstición: no se enferma de tos el sano que liba miel.

Es conveniente, sin embargo, para la economía de la cosa pública, que dejes los remedios a quienes los requieren. Cuando estés sana y goces de un amor correspondido, come alimentos crudos: muerde la manzana, bebe jugos de frutas, pon entre dos estratos de jugosas peras un trozo de queso seco. El queso con las peras alimenta el amor afortunado.

Pero no comas queso con pera cuando estés en busca del amor. El queso con las peras no brinda la necesaria paz de los sentidos que atrae a los amantes. Los hombres desconfían de cualquier mujer que se muestre muy ansiosa por trabar relaciones. Les atrae mucho, en cambio, cierta alegre y atenta indiferencia. Pon atención a los hombres que te gusten, que te atraigan, pero no demasiada. Finge que te distraes, que te ocupas de otros, que él es uno más, igual entre los iguales. Espera a que él empiece a exhibir su interés, sin que antes tu sonrisa parezca para él mucho más amplia que para los otros. Y cuando él se acerque, si es que por fin se acerca, para que no te decepciones demasiado, no te olvides jamás de las palabras de una sabia de mis tierras: «A todos los hombres les falta por lo menos un hervor».

J amás, salvo después del tercer aniversario de su entierro, intentarás imitar las recetas de tu suegra. Con ella en vida sería grave error, pues tu marido dirá que no es igual, que falta o sobra sal, que la sazón no está en su punto, que falla la textura o el color es diferente. Además su madre, si está viva, se sentirá aún más desplazada.

Pero cuando fallezca la suegra y su recuerdo esté también desfalleciendo; cuando pasen los meses y su tumba ya pocos se acuerden de adornar con flores, será una sorpresa bienvenida revivir sus sabores. Saldrá igual la receta, ni sosa ni pasada de sal, bien sazonada, la textura en su punto, idéntico el color. Y en vez de desplazarla, habrás resucitado lo mejor de ella.

Si estás nerviosa, aún sirve la vieja manzanilla, mas no debes cortarla con limón ni con dulce. No funciona si lo que te preocupa es más fuerte que tú. Y si es así, conviene estar nerviosa.

¿ Pero es quizás un mal la soltería? No dejes que te agobien las casamenteras, no dejes que te ronden las falsas celestinas. Unas hay que se casan a la fuerza y son felices; otras que van sonrientes al rito de la boda sin siquiera pensar que andan hacia el patíbulo. ¿No podrán ser felices las que a la fuerza se queden solteronas por carencia de ofertas? Quizás entre las lágrimas te estés ganando un cielo aquí en la Tierra. Eso de maridarse es una lotería. Los más apuestos jóvenes se vuelven barrigones poco antes del tercer aniversario. Dictadores ociosos, tiranos insaciables, indiferentes lelos que leen el periódico y ven televisión. Los príncipes azules son escasos de veras.

No cojas, eso sí, los vicios más funestos de la soltería. Deja de ser chismosa. Rechaza todo rastro de amargura. No seas vengativa con los que viven en parejas nefastas, no escarbes sus heridas con tus desapacibles comentarios. Desecha las manías, mantén la mente abierta. Goza tu libertad sin refregarla en la cara a los esclavos.

Las posibilidades de comer dinosaurio, en nuestros días, son bastante remotas. Desaparecieron hace sesenta y cinco millones de años, cuando por la costra de la Tierra no se movían ni siquiera prosimios, o sea antepasados de nuestros antepasados. Los sismosaurios, se sabe, tenían buena carne, al menos en cantidad, ya que llegaban a pesar noventa toneladas. Los huevos que ponían también eran sustanciosos: con un solo huevo de tiranosaurio se podría hacer tortilla para un batallón.

Y es una lástima que no podamos comer dinosaurio porque su carne, así como la improbable leche de mamut, son el único remedio eficaz contra la culpa, es decir contra la lástima por lo que hicimos. Una sola vez en la vida pude hacer un puchero con uno de los cuernos fosilizados de un triceratops. La fálica piedra se obstinaba en irse al fondo de la olla y después de cocerla durante tres semanas sin parar, obtuve una sustancia de tan escasa concentración que me atrevería a llamarla homeopática. Le di el potaje a una anciana necesitada y la mejoría fue inmediata, aunque no duradera, ya que al cabo de ocho meses la culpa regresó. Y no tuve otra dosis para administrarle y darle absolución.

He encontrado, sin embargo, y con el tiempo, un feliz sustituto de mi secreto antídoto contra la culpa.

Hay un pez, el más curioso pez que pueda haber, que llegó a ser contemporáneo de los dinosaurios. Es un fósil viviente que nada con torpeza en las profundidades del océano Índico, cerca de las islas Comoro, vecinas de Madagascar. Mi descubrimiento, debo reconocerlo, fue casual.

Me había ido —corría el año 1946— de vacaciones de trabajo a Madagascar, con el doble fin de tomar sol y de investigar *in situ* las posibilidades de perfumería que podían sacarse del cultivo del ylang ylang, una flor que se da por aquellos lados y con la que hoy se fabrica nada menos que el Chanel Nº 5, hasta que una tarde, cansado de olorosos ejercicios con diferentes concentraciones de los pétalos, resolví dedicarme por dos días a faenas marítimas.

Al segundo crepúsculo ocurrió la pesca milagrosa. En la red que los pescadores locales habían lanzado por la mañana salió atrapado el más extraño bicho que hayan visto jamás mis viejos ojos. Los nativos querían devolverlo de inmediato a la mar, tal como se rechaza un mal pensamiento, casi como si fuera un demonio lo que hubieran pescado, pero yo me obstiné en que lo conserváramos. Lo tuve congelado durante semanas e indagué por mar y tierra a cuál especie íctica podía pertenecer aquel monstruo marino. Hasta que me enteré de que la curadora del museo de Historia Natural de East London, Suráfrica, señora Lastimer, ya había descubierto un pez de esos, ocho años atrás. Tan grande había sido su descubrimiento que a la especie encontrada se le había puesto por nombre *celacanto lastimeria*. Celacanto por ser como los fósiles de celacanto; Lastimeria en honor de la señora Lastimer. El mismo nombre me orientó en los usos de su carne.

Lo que habíamos sacado, pues, era nada menos que un celacanto, el más extraordinario de los fósiles vivientes. En realidad, hasta 1938, se lo conocía solamente por el registro fósil y se lo creía extinguido desde los tiempos de los dinosaurios. En cambio ahí seguía, tan campante, nadando cauteloso y taciturno por los mares de Madagascar.

Con un filete marinado de celacanto hice mi primera prueba de receta antediluviana, y debo recalcar que el resultado fue pasmoso. El caldo concentrado de *celacanto lastimeria*, puedo asegurarlo, cura de la culpa, y sus efectos duran al menos treinta y ocho meses, plazo en el cual es conveniente dar una dosis de refuerzo.

Casi idéntico a los fósiles de hace sesenta millones de años, los celacantos vivos conservan su carne pesada y aceitosa, su indeleble olor antiguo, su sabor áspero, muy del gusto papilar de especies ya extinguidas. Basta un bocado de su carne (hervida o en ceviche) para liberarse de ese mal incurable, la culpa. La mayor concentración del efecto benéfico de su sustancia está en los ojos, ojos fosforescentes acostumbrados a ver donde casi no hay luz, pero también sus aletas carnosas y lobuladas (son las lejanas antepasadas de nuestros pies y manos) dan muy buen resultado.

El problema es conseguir un celacanto. Cada diez o doce años se informa que al fin entre las redes de un remoto pescador del Índico ha quedado enredado otro ejemplar. Los pocos que conocemos sus increíbles propiedades, tenemos que disputárnoslo a fuerza de millones con cientos de paleontólogos y curadores de museos de historia natural, que quieren arrebatar el ejemplar para darle a la ciencia lo que debería pertenecer al arte curativo y culinario.

Hay que vivir atentos. Si tu mal es la culpa, la indomable culpa, vive a la expectativa de la pesca del celacanto. Ponte en contacto con los pocos pescadores de Madagascar que saben el secreto y no dudes en viajar al sitio en cuanto un anzuelo extraviado saque un no menos extraviado ejemplar de celacanto. Extraviado, sobre todo, en el tiempo, pues es contemporáneo de los dinosaurios. Estás a tiempo de probarlo, quizás, antes de que la culpa te doblegue. Encarga uno para el próximo decenio y tranquilízate que con un solo filete de su antiquísima carne podrás domar, por el resto de tus días, todas las sensaciones de remordimiento. Otras recetas contra la culpa son ineficientes. Esos insensatos dolores del alma, instalados en tu mente por una dolorosa historia culpabilizante de milenios, sólo los cura un plato de los tiempos de los dinosaurios.

Sana costumbre es hacerlo a diario y a la misma hora. Estés donde estés, al menos seis minutos (y no más de dieciocho, que el exceso lleva a las almorranas), sentada o acurrucada, pero en paz. Con un buen libro o un buen pensamiento. No hay fórmula más sabia para que seas visitada por el buen humor que los antiguos ubicaban, con razón, entre el estómago y los intestinos. Si algo sale mal, ten en cuenta lo que comiste dieciséis horas antes, y suprímelo. Si en cambio no padeces, ten en cuenta lo mismo, y coge ese alimento por costumbre.

Déjate envejecer: no combatas el tiempo con malicia. Señoras setentonas con la piel más templada que cualquier quinceañera, y sin embargo mustias. Con el pelo más rubio que las beldades suecas, y sin embargo opacas. Sin una sola cana, sin una sola arruga: notoriamente viejas. No engañarás a nadie, según aquel versito que decía,

por mucho que adelgaces como un rejo,
por mucho que te tires el pellejo
no podrás esconder que ya estás viejo.

No digo que te eches a morir, que te encorves, camines con paso claudicante, exhibas el bastón, y pongas cara de muerta; digo que no simules lo imposible. Acepta que una cara se tiene a los veinte años y otra a los cuarenta y otra a los sesenta. En asuntos de edad, es imposible mantenerse en los trece por mucho que lo intentes. La vejez, dijo Borges, «puede ser el tiempo de nuestra dicha, el animal ha muerto o casi muerto, quedan el hombre y el alma». Además hay arrugas que el rostro dignifican. Con el tiempo, únicamente con el tiempo, uno llega a tener su propia cara, la que su gesto y genio le fabrican. La sonrisa, la concentración, la rabia, la alegría dejan su rastro en el rostro. No lo destruyas con violencias quirúrgicas.

Sí, tú debes descubrir las tretas con que la muerte nos quiere arrebatar la vida del espíritu y del cuerpo. Un sabio higienista francés decía que «todos se resignan a esperar el término de la vida sin hacer nada para apresurarlo», pero yo diría más, hay que hacer todo lo posible por postergarlo. Hay que luchar contra la enfermedad, contra la muerte, contra los envejecimientos evitables. Pero sin tretas falsas, sin tramposos atajos que no llevan a nada. Los cirujanos plásticos sólo pueden servir cuando hay grandes estragos.

La vejez que se admite es natural y es agradable en las que son capaces de llevarla sin disfraces. La que se oculta y disimula con el vano intento de devolver el tiempo representa un fracaso, da una apariencia de máscara que inspira desconfianza. El atractivo de tu edad no es enseñar el pecho; pasó la hora de seducir con las mejillas tersas. Has tenido el tiempo de saber más cosas, es decir de ser más inteligente: es esto lo que te hace más atractiva que las adolescentes.

Muchas veces, al borde de hallar la receta de la inmortalidad, me distrajo la presencia espantosa de la muerte.

No son las criadillas fritas (ni cocidas ni nada) eficaz remedio para la impotencia. Como el bofe no cura la tisis, ni la oreja la sordera, ni los ojos la ceguedad, así mismo ese mal no encontrará remedio en nada parecido.

La impotencia es pesar que a todos causa risa, menos al tímido varón que la padece, y a la perpleja mujer que teme ser su causa. Su remedio no es fácil, pero yo te aseguro que hay para la impotencia, eficaz aunque lento tratamiento.

Si el caso es siempre y en cualquier lugar y con cualquier persona, habrá que convenir en que es difícil, casi desesperado, y escapa a los consejos de mi culinaria. Si el ascetismo es un ineluctable decreto del destino, mejor es convertirse, sin esfuerzo, en lo que tantos santos buscaron a costa de inmensos sacrificios.

Pero si el caso, como los más, es esporádico, inexplicable y no sólo con quienes nos repugnan sino con quienes más ansiamos responder con amoroso y vigoroso abrazo, puedo garantizar la mejoría, la curación definitiva. Veamos:

La impotencia no es otra cosa que temor de serlo.

Obedece a un diminuto y pernicioso humor cerebral que cercena todo impulso agresivo.

Por un desequilibrio de flujos en la sangre, el impotente piensa (sin pensarlo) que su fuerza hará daño. Esta impotencia encierra un temor: que haya un deseo superior a su empuje, y sea tal que lo deje del todo desprovisto.

Algo importante: la única mano capaz de curar al impotente es esa de la misma que la causa. Sólo el amor de la amada curará al amante. Y una vez curado, este será el mejor, el más constante, duradero y (por desgracia) prolífico. La mujer del impotente acallará su angustia y no le dará voz a sus temores. Ni se te ocurra un chiste o burla genital. Al hombre, simplemente, le dirás que no hay afán. Le darás tiempo al tiempo y por treinta y una noches seguidas esperarás con calma. Como quien mira nubes que se adensan en el horizonte después de la sequía. No temas, mujer, no serás un desierto. Tu mismo deseo irá creciendo con la falta del otro, hasta que ambos se acrecienten y contagien tanto que lleguen a lo inevitable. Lo imposible, de verdad, es que la nube no se rompa en lluvia, más temprano que tarde.

La mujer será como una pescadora. Se sentará a esperar, poniendo en vista (pero disimulada) su carne y su carnada. Poco a poco soltará los anzuelos sin que el amante note que lo rondan. Este al fin morderá.

Probado el deleite y asegurado en él, no tendrá recaídas. Pero jamás le des potajes para esto pues sembrarás la duda, y ya te dije: este mal se reduce al temor de padecerlo.

Si comes frutos amargos tu carácter no llegará a ser agrio. La esquiva suerte no se te apartará más si eres salada. No te volverás dulce a fuerza de arequipe. Y sin embargo, nada que endulce tanto las penas del espíritu como las mermeladas.

Hay una en especial, mezcla de dos sapiencias, que mete por la boca un consuelo indecible. Comprarás una libra de las fresas corrientes, de esas que no se sirven a damas elegantes ni a caballeros tiesos, esas un poco apachurradas y picadas por pico de innumerables pájaros, y comprarás la misma cantidad de uchuvas aún en sus cartuchos tostados por el sol. Quitarás a las fresas su hoja y su pezón y sacarás las uchuvas de su vaina hasta sentir que índice y pulgar se te impregnan de aceite.

Lavarás ambos frutos bajo un chorro abundante de agua fría y los colarás bien. Te ingeniarás después un fuego lento, tan lento que el compuesto ha de durar, sin secarse, lo que el sol se demora en salir y ocultarse, en tiempo de equinoccio.

En una olla, sin agua, sin nada, dejarás que la fruta se vaya reduciendo y reuniendo. De vez en cuando una vuelta a la cuchara. Llegará, ocho horas después, a ser un compuesto espeso. Sólo entonces pondrás setecientos gramos de azúcar muy morena, y algo de canela y cardamomo en polvo.

Al final del tiempo convenido vaciarás el compuesto en recipientes de vidrio resistente.

Tendrás una conserva, qué digo, una reserva de alegría para los tiempos de desdicha. Aburrimiento, soledad, tristeza, digan lo que digan los profetas incrédulos, son más pasables si repites el gesto de llenar una cuchara con algo muy dulce que haces pasar a pasearse por tu lengua.

Los cambios más importantes de nuestras vidas ocurren de manera casi imperceptible; se realizan mediante una paulatina acumulación de detalles que, separados uno por uno, no parecen significar nada, pero que de repente, juntos, se nos manifiestan en todo su tamaño y con toda su tremenda carga de transformación. Los cambios de la edad (pasar de niñas a adolescentes a mujeres adultas a señoras viejas), aunque suceden en un proceso continuo y lento, los percibimos a saltos, como si fueran cambios discontinuos, repentinos. Cada día que pasa, aislado, no significa casi nada, pero esos días que se aglomeran para formar los años y los decenios, esos pacientes días van dando forma a nuestro rostro. Cada mañana, ante el espejo, creemos encontrar la misma persona, hasta que una madrugada desprevenida o una tarde nefasta ya no ves el pelo vivo y los ojos brillantes de la joven que esperabas ver, sino las ojeras violáceas y el cabello ralo de una señora mucho más madura que, aunque se haya convertido en otra, comprenderás que sigue siendo tú misma, tú misma aunque más vieja.

Pero fuera de percibir —cada decenio o más— estos tremendos saltos, bien notas cada día que tu cara de hoy no es la misma de ayer ni de mañana. No hacen falta iluminados espejos de aumento para saber que cambias y que de un día a otro, a veces, no te reconoces. La cara, dijo un sabio, es descarada.

Días hay que las mujeres amanecen lindas y días que sería preferible no haberse levantado. Así les pasa a todas y el mal no está en los ojos. La tez es caprichosa y a su antojo varía las facciones. No importa que la gente aún te reconozca. Tú sabes y yo sé que hay días en que no eres la misma. El tiempo a veces corre hacia adelante (te ves más vieja), y a veces retrocede. Los días de mala cara aprovéchalos en asuntos de recogimiento; los días de buena cara, simplemente aprovéchalos.

Para esa pesadumbre de los días en que el tiempo parece haber corrido por tu cara mucho más de la cuenta, no hay receta. No se cura el estupor ante el espejo. Lávate, sin embargo, con agua helada el rostro; si no da resultado, con agua muy caliente; si el mal persiste, con agüita de rosas; si el disgusto no cesa, ponte unas gafas negras y cambia de peinado.

Pero lo mejor es poner la cara al sol por diez minutos, esperar la noche y dormir doce horas. Sueño y sol y esperanza, no lo dudes, obrarán maravillas para el día siguiente. A cualquier edad, incluso en la postrera, es posible lograr que el tiempo de tu cara retroceda. Para conseguirlo hay que recuperar tus gestos del pasado; para recuperarlos hay que volver a los sabores olvidados de la infancia.

La traición es un vicio maligno de los machos que no depende de tu decadencia sino de una imaginación enardecida que no encuentra sosiego hasta no averiguar lo que hay escondido detrás de un traje ajeno. Si llegas a saber que él ha retozado con mujer más moza, no dejes que te aprese la duda de tu cuerpo. No va en busca el hombre de mejores manjares, lo mueve la curiosidad por los platos exóticos.

¿Qué consejo he de darte para combatir una imaginación que yo mismo padezco? Trata de no enterarte. Y si te enteras fíngele a tu marido que su mejor amigo te pretende. Nada que hinche tanto (y hasta llene) la imaginación como el ardor de una sutil sospecha. Le bajarás los humos. Entenderá que no quieres conservarlo a toda costa.

Hazle saber también los deleites que encierra la experiencia y cómo el paladar degusta más sapiente los platos conocidos; sabe encontrarles sus sabores secretos. Las infidelidades suelen conducir a un fracaso de la fantasía; esta se estrella contra una realidad que otorga menos de lo que promete. Y si la fantasía triunfa en él, si la realidad se le acomoda o la mejora, encuentra entonces tú también la fantasía, porque sólo en el lomo de una nueva ilusión conseguirás olvido, perdón, indiferencia. Y para ilusionarte ¿qué has de hacer? Volver a abrir los ojos a los ojos que te miran, dejar al fin de hacerte la desentendida.

No sientes, no sientes, no sientes; hay veces que no sientes. Nada de nada, pero nada. Pareces alejada de tu cuerpo, como si te miraras desde lejos. Domina y manda en ti el fastidioso y metido pensamiento, hay un fracaso de tu fantasía. No temas, no claudiques, usa prudencia y tacto, enséñale a tu amante alguna cancioncilla secreta de tu cuerpo y llévale la mano como a un niño que esté aprendiendo las volutas de la caligrafía. Relájate, no pienses y no te exijas nada. Pide según lo que sientas. Hay períodos del ciclo mejores o peores; defínelos y aprovéchalos. Hay posiciones que todo lo mejoran: contactos que debes atreverte a insinuar, direcciones más útiles que otras, velocidades, fuerzas, palabras o silencios, quietud o movimiento. Busca tus sensaciones, déjalas salir, recuerda que en el hombre verdadero no hay goce más completo que el de verte gozar.

Está escrito en los libros que para que la boca se llene de saliva y todo se humedezca con un líquido fresco es necesario que confluyan todos los sentidos. Mantén alertas al goce las pupilas, las papilas, las ventanillas de las naricillas, las yemas de los dedos que con su pulpa tocan los sitios de textura menos repetida; no pongas párpados a tus oídos y antes concéntrate en las melodías que se esconden en las concavidades más inesperadas.

Déjate guiar por el manso oleaje de las sensaciones, que todo se humedezca con su líquido fresco y no pienses, no pienses mucho, porque nada que reseque tanto el vientre como el pensamiento. Mujer, tú sabes de qué humedades te hablo; de las más deseadas, de esas que como claras de huevo se esconden en tu cuerpo y que son el deleite de tu vientre y el deleite de tu compañero. No temas derretirte, deshidratarte, disolverte. Déjate ir, no pienses, quiero oír un gemido de cuerpo entero, un alarido de poros abiertos. Abre, abre hasta estar partida, sumérgete en el mar de las sensaciones, piérdete, desbócate, desátate, permítete ser, por momentos, toda una perdida.

Las mujeres, dice el indispensable *Manual de Higiene* del doctor De Fleury, pertenecen a un sexo que no conoce el cansancio del placer. Ellas, pues, no sufren si se exceden en los placeres del amor. Más aún: en ellas el amor no tiene excesos y es una de las mayores ventajas que nos llevan las hembras a los débiles varones, ya exhaustos con tres gritos.

Creíase en otros siglos tan nefastos como este y como todos, que ciertas enfermedades del sistema nervioso, e incluso algunas enfermedades venéreas, eran debidas a los excesos sexuales. Lo mismo tratan de inculcarnos de nuevo hoy, con ese mal maligno o virus incurable. Vuelven con la monserga de que la repetición muy frecuente del coito es cosa de espíritus perversos, de imaginaciones enfermizas, deformadoras del amor y vergüenza para la decencia. Claro, hay que cuidarse algo. Mientras no estés segura de ese que te abraza, oblígalo a envolverse en látex. Pero no cedas al temor del sexo que ahora y otra vez y como siempre siempre nos recetan.

Oh, esos que hablan de los excesos de juventud, como causa de su decadencia. Qué tontos. Goethe lo hizo hasta el final de sus días y pocos hombres más felices que él. La sensata George Sand tuvo tantos amantes cuantos amores tuvo. No fue fiel a los hombres, sino al amor y leal con sus amantes hasta que los amó. Imítala y anota en tu cerebro este pensamiento de mi maestro, Maurice de Fleury: «Ah, que los verdaderos enamorados no se crean obligados a hacer a la falsa higiene el sacrificio inútil de los más dulces momentos de la vida».

Tú y yo nos conocemos. No pretendas negar lo que la misma Alcmena, tan virtuosa, sintió sin darse cuenta: huéspedes hay odiosos y que sólo quisieras que se fueran desde que los ves atravesar el umbral de tu puerta; pero otros hay que encienden un secreto fuego en la imaginación.

Un día llegará en que tu apacible y amena vida marital tendrá un paréntesis. Vendrá alguien a quien por unos días dedicarás más atenciones y asaz más pensamientos que a tu mismo marido. No te sientas culpable; es una pasajera exaltación que el destino te manda a modo de fiesta. Es un despertador de espíritus dormidos. Es un corto carnaval, unas imaginarias vacaciones de la tenaz rutina de la convivencia.

No te hacen falta indicios muy sutiles para reconocer al huésped deleitoso. Habrá en tu piel un repentino rubor involuntario, cuando el huésped te dedique una mirada, y en tu garganta un leve temblor que te quebrará la voz al dirigirle la palabra para ofrecerle algo.

Sabios países hubo, y quizás haya alguno todavía, en que el buen anfitrión ofrecía su esposa al visitante. Y si los anfitriones fuesen aún más sabios y un poco menos vanidosos, no ofrecerían la mujer al visitante, sino más bien a la anfitriona el huésped, si le place. Es ella la que elige, pues no todos los huéspedes poseen el encanto para merecerla. La hospitalidad será completa cuando ella lo resuelva, cuando el agrado del huésped ahogue sus escrúpulos.

¿No mejoran los platos de tu casa cuando él viene? ¿No perfumas sus sábanas como si hubieran de acoger más un abrazo que un sueño?

Para ese huésped, al que acaso no te entregarás nunca en acato a las costumbres de tu pueblo, puedes preparar algún manjar que lo deleite; o algo que le done la misma languidez que tú percibes debajo de las faldas.

Yo tengo la receta. Es cocimiento simple de efecto duradero, pues el sabor se impregna y se demora dentro de la boca, de la misma manera que en los labios del huésped que te gusta se tarda la sonrisa. No es mi plato vulgar artimaña para seducirlo. Es tan sólo un espejo, un instrumento para que en él se refleje el mismo abandono tenue que tú sientes.

A base de un banalísimo volátil está hecho y tiene un nombre que tendrás que excusarme, dadas las circunstancias: el pollo a la cocotte. Cocotte, cocotte, ¿eres una coqueta? Poco tiene de malo. A veces hay que buscar en los ojos de terceros una confirmación; es como consultar con un espejo, en este caso los ojos de los hombres, si aún conservas un cuerpo una mirada un alma deleitables.

La víspera de la llegada de tu huésped pondrás el pollo despresado a marinar. Y tendrás lista mantequilla, tocineta, jamón, laurel, tomillo, sal, pimienta y orégano. Tres manotadas de champiñones frescos, una copa de vino claro y nuevo.

Doras en mantequilla las presas por un lado y luego por el otro; de buen color las sacas y allí mismo fríes cuadritos de jamón y tocineta con las yerbas que dije y con los hongos. Añades luego dos tazas de agua fría y a fuego lento (con el perol tapado) dejas que el agua se reduzca a la mitad. La copa de vino y las presas de pollo se mezclan con la salsa, esperas cinco minutos y lo llevas a la mesa.

¿Quieres darle a tu huésped un plato menos fácil? No, mira que ya con este será difícil sacártelo de encima. No exageres. El más ameno huésped que te enciende, cansa. Si no te cansa y si después del pollo sucede algo que no debo decirte pues por ti misma podrás darte cuenta, huye con él, no vuelvas.

No es fácil el consejo cuando de alcohol se trata. Por completo he desistido de intentar decir algo a los varones; ellos creen saber, siempre, lo que más les conviene y no admiten apuntes de ninguna especie. Son borrachos impúdicos o impúdicos abstemios, cuál de las dos especies más nefasta.

La mujer triste, a veces, quiere buscar en el alcohol consuelo. La comprendo: hay a veces después de los espíritus una euforia ligera que aligera las penas. Pero si eres prudente seguirás algún método; no has de ceder al licor el timón que te maneje. Que no te dé el impulso de entregarle el gobernalle a tan poco prudente consejero.

El sabio y alquimista Paracelso dijo que el alcohol era la esencia o el espíritu del vino. Pero notó que esta alma de la bebida de Cristo adquiría colores diferentes, como las almas de todos los hombres, según parece, antes del purgatorio. Aprende, pues, antes que nada, a mirar los colores. Discrimina. Hay aguardientes blancos tan puros como el agua cristalina. En esta su confusa condición revelan su verdad: líquido traicionero el que sin serlo se parece al agua. Evita, pues, bebidas cristalinas. De estas beberás, una copa, solamente en dos casos: si más frío que el hielo no se hiela, o si es de una textura tan espesa que fácil se distinga del primer elemento.

No es el whisky bebida que mucho te aconseje. Sus mezclas amarillas no convienen al pecho en la aflicción. Sin embargo, siendo de *single malt*, y de aguas escocesas o de Irlanda, puedes tomarte un par de decilitros. Pero no en cualquier caso: hazlo tan sólo cuando te veas en la obligación de mentir con impudicia; el whisky da una cara tan dura que facilita la mentira. Más seria que un tramposo, parecerás de yeso y todos te creerán.

La fruta irreemplazable para el alcohol benigno es esa que en la misa llaman fruto de la vid y del trabajo, la bebida litúrgica. Aprende a distinguir sus derivados.

El vino blanco no es de tal color, eso lo sabes bien. Hallarás entre ellos los tonos verdecinos, los pajizos, los tenues amarillos, los que tienen un toque naranja casi imperceptible. Pruébalos, intenta conocerlos y conocerte en ellos. Siente y ausculta al día siguiente, en tu cabeza, los rastros de su paso por tu cuerpo. Hallarás el color que mejor te convenga. Cada caso es distinto, no hay receta que sirva a todos los pacientes.

También el vino tinto tiene tonos variados. Los hay oscuros noche, oscuros sangre, oscuros de violento violeta arrebatado. Los hay más claros, como moras disueltas, los hay rosados de distintos aspectos. Es trago muy seguro, salvo que la tiamina te produzca irritación o pesantez en la boca del estómago. Si alguna vez se inventa una bebida de amor, será con vino tinto.

Champaña, brandy, cognac, aguardiente de vino... Todos tienen su día señalado.

El ron de caña de nuestras Antillas es bebida calentadora y de buen gusto. Lo hay blanco, que es asaz aromático y, como ya sabemos, no lo has de beber solo, sino mezclado con algún zumo dulce o incluso con alguna de esas bebidas de artificio que embotellan por millones. El añejo y de color ambarino es estupendo para tomarlo solo, incluso como brandy. No creas que por ser de nuestras tierras y tener bajo precio es de poca categoría. Fíjate, no lo hicieron los británicos en sus brumosas islas únicamente porque allí no se ha dado la caña, que de lo contrario... Pero inventaron su nombre y sus propiedades para entregarlo como consuelo a sus piratas. El whisky lo inventaron porque no pudieron hacer nada mejor; el ron de sus colonias lo usaron para conquistar el mundo con sus barcos. Con hielo y gotas de limón, el ron descubre sus mejores atributos, pero como con todos los licores de alto grado, tómalo con cautela, sin pasar de tres vasos cada vez.

Muy sana es la cerveza, y expulsa por la boca su propia flatulencia. Espuma has de sacarle sin que supere el borde de tu jarro. Las hay rubias, morenas, rojizas y negrizas: de los mismos colores que las razas humanas con climas invertidos. Más convienen las rubias en el trópico y las oscuras en las tierras boreales. La cerveza, además, mantiene en ejercicio la vejiga: cuida de no pasarte.

Muchos inventos hay que elevan sus efluvios a la testa. Poco puedo decirte: mira el color, lo espeso, lo dulce o seco del producto. Ningún alcohol te tragues con la avidez del agua que puede permitirse a los camellos sitibundos al final del Sahara; prueba, aguarda, sopesa: encuentra tu camino y tu medida. Domínalo y domínate, sigue mandando sobre tu propio cuerpo. Si la euforia se lleva la conciencia de tus actos, si no puedes parar cuando algo te lo indica desde adentro, no te aficiones mucho: hazlo una vez al año.

La mujer grávida anda llena de antojos, y excelente cosa es hacer cuanto en tu mano esté para satisfacerlos. La embarazada halla también definidas y pertinaces repugnancias que si no desaparecen al tercer mes después del parto, luego ya durarán para toda la vida.

Cuando un antojo no se puede satisfacer —pues a veces los caprichos no coinciden con estaciones, tiempos y cosechas— se puede preparar un sustituto universal que no reemplaza el antojo, pero atenúa el ardor por comerlo ahora mismo. Consiste en lo que sigue:

No ha de decirse a la grávida lo que está comiendo. Ella no quiere cocinar; no quiere ver carne cruda (la cocida se la evoca), ni colores fuertes, ni olores picantes, ni aromas seductores. Haz, entonces, lo siguiente, en secreto.

Pon a hervir un litro de agua. Déjalo enfriar. Congélalo. Dale a la grávida el hielo: es lo único que nunca le repugna; es lo único que hace que olvide sus antojos por un rato.

Si después del hielo el antojo persiste y no es posible satisfacerlo, chamanes hay que recomiendan (aunque yo desconfío de sus sugerencias) que la mujer se pasee desnuda por la casa, muy despacio, cantando una canción que se sepa desde niña, cubriéndose el pecho con el brazo derecho y el vientre con el izquierdo.

Muchas veces hice probar esta receta a las embarazadas sin obtener satisfacción alguna para sus antojos. Si la repito es porque siempre es bueno, de vez en cuando, dar un paseo desnudas por la casa, incluso sin taparse pecho y vientre. Como también es bueno, embarazadas o no, desnudarse en la parte de la casa que equivalga al ombligo, y sentarse allí, a esperar nada, a pasar diez minutos sentadas en el suelo.

En los días de regla no es conveniente que varíes tus hábitos. Precepto antiguo es que la superstición trae muy mala suerte. No hagas, pues, caso alguno a las falsas consejas de comadres maléficas que prohíben los baños de inmersión, el coito, el ejercicio, los merengues... Para salir de dudas bate claras de huevo; ya verás que te suben como en los días sin sangre. Que tu vida no cambie: corre, salta, retoza, cose, cuece. Para el cólico nada como el acto sexual, puesto que distensiona. Mas no obligues al hombre y hazlo siempre y cuando ni a ti ni a tu pareja le repugne (y a muchos, sábelo, no les repugna nada). El menstruo no es motivo de vergüenza, no es bueno ni malo, no es impuro ni purificador: es sangre.

Si no te gusta el color de tu cara en la mañana, no te quedes quieta, haz algo, actúa. Si demasiado rubicundo, hazte una sangría larga. Si pálido, come alimentos verdes. Si amarillo, toma comida blanca. Sólo si tu color es normal tomarás comida roja. Nadie como tú conoce su propia tez: no consultes quirurgos ni barberos ni doctores al respecto. Te dejarán morir antes de tiempo.

Convéncete, te ruego, no hay afrodisíacos. No busques el deseo por medios de la gula o de la magia. Algunos ignorantes han soltado el embuste de frutos de pasión. Patraña es esta que tiene origen claro y mueve a risa. Fruto de la pasión o pasiflora llamaron los botánicos a algunas plantas rastreras que se enredan y trepan. Su flor se suponía que mostraba los estigmas de la pasión de Cristo: la lanza, el cáliz, la corona, los clavos... De la de Cristo, piensa, que poco o nada tiene que ver con la pasión que buscan los consumidores de afrodisíacos, no ansiosos de martirio sino de desenfreno. Créeme, la pasión viene sola o no viene. Si no llega espontánea no la fuerces con pócimas. O surge sin esfuerzo o no valía la pena.

No es cierto, sin embargo, que no se pueda hacer con la comida algo que favorezca los placeres del tálamo. Excitar los sentidos, todos los sentidos, es útil para hacerlos participar —una vez avivados— en el rito del abrazo. Se sabe que después del deseo sexual otra apetencia domina de segunda nuestra urgencia y es el deseo de saciar el hambre. Para desatar el apetito sexual nada mejor que apagar antes las ganas de comer. Come con apetito y observa el apetito de tu amigo, sin olvidar las palabras de una sabia matrona florentina: «Desganados en la mesa, desganados en la cama».

Aviva todos los sentidos: la vista, con partes estratégicas tapadas y descubiertas de tu cuerpo; con una combinación armoniosa de colores en el plato. El tacto: deja que la piel roce la piel y que los dedos partan la corteza del pan. El olfato: no ocultes del todo tus olores naturales y prepara la nariz del otro con olores deleitosos de comida. El oído con música rítmica y palabras escogidas. Para el gusto prepara esta receta:

Pelas trece langostinos grandes y pones a hervir las cáscaras en un buen caldo con cebollas y apios y un trozo de pescado. Fríes cebolla y ajo en aceite y mantequilla; luego le echas el caldo reducido a esta mezcla; lo adensas con una cucharada de harina de trigo; le das mejor sabor con una copa de brandy. Añades allí los langostinos enteros y dejas sólo que su color pase a un naranja intenso. Aparte cueces en agua con sal doscientos gramos de pasta corta. Al momento de mezclar la pasta con la salsa, añades pimienta y crema de leche. Este plato avivará sus sentidos hasta el colmo. Si lo acompañas con una botella de champaña muy seca, el resultado casi, casi es infalible.

Hay días en que el pretencioso que convive contigo amanece con la ventolera de invitar a sus jefes, a sus amigos importantes, al grupo en pleno de sus compañeros de trabajo, a comer por tu cuenta. Y compra mucho vino de distintas clases, quesos de fuerte olor, latas carísimas, frutas que jamás se han visto en tus listas del mercado. Está tenso, además, y una y otra vez, mirándote a los ojos, pide que la comida de esa noche esté perfecta. El mantel de lino bien planchado, impecables los pliegues de las servilletas, copas de cristal, de vino y agua, para todos (ninguna despicada), los cubiertos de plata de la abuela lustrosos como espejos... Y claro, tú ya sospechas que con tantos preparativos, consejos, advertencias, amenazas, algo ha de salir mal, irremediablemente.

Así será, convéncete. Tal vez la receta de chuletas te salga como nunca, y las doradas carnes tengan la consistencia precisa, y la salsa textura inmejorable: al llevarla a la mesa se caerá la fuente frente a los invitados, y los charcos de salsa salpicarán sus zapatos recién embetunados, y los trozos de vidrio se clavarán como cuchillos en la carne cocinada.

O él, por ayudar, echará en el potaje la cantidad de sal que dice la receta; sólo que tú ya la habías echado. La culpa será tuya, por supuesto. O tu hija cortará el jamón como siempre lo ha cortado, sin saber que esta vez necesitabas algo muy distinto para envolver los cubitos de melón. O tu suegra, también por ayudar, hará un postre tan dulce que las mismas abejas, si lo probaran, se sentirían hostigadas.

Algo te saldrá mal, inevitablemente, y ese marido odioso, pobre víctima y presa de sus temores y fantasmas, te mirará con ojos inyectados haciéndote sentir inútil, inepta, despreciable. La solución es única: cuando a ese pretencioso que convive contigo le dé esa ventolera, dile que sí, que claro, pero que cocine él mismo o contrate por fuera un maestro cocinero. Si cedes y te sacrificas, no serás otra cosa que la sacrificada.

Sana costumbre es que le saques la lengua a tu imagen del espejo. Por un lado hace falta, diariamente, reírse un rato de sí misma; y además aprovechas para echar un vistazo a su color y consistencia. La lengua es gran depositaria de secretos, como órgano interno que tenemos afuera. ¿Cómo leer los signos de tu lengua? Ah, este alfabeto es oscuro puesto que cada lengua tiene el propio. Conocerse a sí misma no es otra cosa que conocer la propia lengua: mírala, indaga en sus montículos y senos, piensa qué harás en este hoy con ella. No seas lengüilarga. Antes del chisme, la mentira, la infidencia, muérdetela tres veces: después, si quieres, suéltala.

Esa tendencia a traicionar, a mentir y a ser perfectamente franca. A esconderte o a mostrarte mucho. Ese cuidado de cuidarte tanto para acabar narrando tu historia, tu verdad con pelos y señales a un desconocido. Esas ganas de huir, de salir corriendo cuando alguien muestra que empieza a conocerte, aunque no te reveles. Ese vértigo de quedarte. Esa indomable sed de alguien y de no estar con nadie. De envolver las caricias en palabras. Esas ganas de cambiar sin renunciar a nada. Esa hambre de imposibles. ¿Cómo pensar en esta confusión contradictoria? Es verdad y mentira, está bien y está mal y no hay salida.

Nada que hacer. Tómate un vaso de agua.

Usa la modestia como una coraza para protegerse. Finge que no sabe lo que mejor sabe. Entre una vanidad con fundamento y una modestia falsa elige la segunda. Hablo del azúcar.

La sal es lo contrario: hace creer que sabe hasta lo que no sabe. Su modo de protegerse es la arrogancia. Es vana sin motivo e incapaz de ser modesta.

Conoce a fondo la sal y el azúcar, así sabrás usarlas. La una es muy concreta, la otra demasiado abstracta. Si usas mucho la una, te hace falta la otra, y ambas te hacen vivir en perpetua nostalgia. No hay mejor método que el camino trillado: sal al principio, azúcar al final.

Lo salado, además, sirve para dejarnos satisfechos. Lo dulce, en cambio, no es para llenar, sino que es un estímulo para la fantasía. Bien lo dijo el sabido Savinio: «En el orden de las comidas el dulce ocupa el lugar del vicio, o mejor aún, de un pecado que no estaría mal llamar dulcísimo. No es sin un motivo preciso que el dulce se sirve al final del yantar. Los dulces no los aceptamos sino cuando ya hemos saciado el hambre, apagado la necesidad. El dulce hace olvidar lo que tiene de necesario y por lo tanto de lúgubre y de mortal la operación de nutrirse; nos reconcilia con la parte divina de la vida y hace renacer en nosotros la risa. Castigo gravísimo es dejar a un niño *sin postre,* pues es como quitarle el goce y el consuelo».

El muy sapiente Artemidoro, mi maestro en sueños, sentenció que no hay fortuna más extraordinaria que la de soñar que se devora carne humana, siempre que no se trate de pariente o persona conocida. Comer carne de hombre en el sueño es excelente auspicio; quiere decir, según el sabio, que uno se adueña de las cualidades de los otros, que empleará en adelante sus virtudes.

El sueño y la comida van unidos. O se sueña con comida o la comida nos provoca pesadillas o nos induce sueños deleitosos.

Si deseas soñar con el que amas cuando se encuentra lejos (o aun si está a tu lado, pues soñar con él es siempre placentero), brebajes hay que semejante fin prometen. Pero son ilusiones chapuceras y de cada cien veces que los tomes, si tienes suerte, una o dos soñarás con el que quieres.

Pero hay una manera de cocer la sopa de cebolla que engendra siempre buenos pensamientos y sueños placenteros. Has de probarla con una condición: es de rigor beberla mientras llueve y siempre que el termómetro baje de los diez grados.

Harás primero una bechamel de las corrientes. Cortarás luego cebollas cabezonas (dos por persona) en rodajas finas y las pondrás a freír en mantequilla. Cuando estén quebrantadas y su color alcance un muy tenue amarillo por encima del blanco, añadirás medio vaso de vino blanco seco y en cuanto el alcohol se haya evaporado, tres tazas de caldo fuerte. Deja hervir seis minutos y pon la bechamel. En los platos hondos de la sopa, ralla un poco de queso de ese con agujeros, amarillo, y riega un dedo de buen brandy. Tómala calientísima y esa misma noche concéntrate en tus sueños.

Pon bloc y lapicero en tu mesita de noche, pues lo que has de soñar será digno de apuntarse antes de que lo olvides. No consultes intérpretes de sueños, que te confundirán; sólo tú entiendes, si acaso, lo que tienes dentro.

No exageres los modales en la mesa. Come con naturalidad y con los dedos, con los palitos chinos, con nuestros cuchillos y cucharas y tenedores. Llévate a los labios la taza, sin ruidos y sin dudas. ¿Precauciones? Muy pocas daba el rey Alfonso X para los hijos de los reyes. No veo por qué tú, que no eres hija de reyes (supongo) debes tener más cuidados que los hijos de Alfonso, a quienes les bastaban las siguientes reglas:

«Sabios hobo que fablaron de como deben fazer aprender a comer et a beber los fijos de los reyes; et dixieron que les deben facer comer, non metiendo en la boca otro bocado fasta que hobiesen comido el primero, porque podría ende venir tan grand daño, que se afogaríen a su hora. Et non les deben consentir que tomen el bocado con todos los cinco dedos de la mano, porque no los fagan grandes; et otrosí que non coman feamente con toda la boca, mas con la una parte; ca se mostrarían en ello por glotones, que es manera de bestias más que de homes; el de ligero non se podría guardar el que lo ficiese que non saliese de fuera de aquello que comiese, si quisiese fablar. Et otrosí dixieron que los deben acostumbrar a comer de vagar et non apriesa, por que quien dotra guisa lo usa, no puede bien mascar lo que come, et por ende non se puede bien moler, et por fuerza se ha de dañar et tornarse en malos humores, de que vienen las enfermedades. Et debenles facer lavar las manos ante de comer, porque sean limpios de las cosas que ante habien tañido, porque la vianda cuanto más limpiamente es comida, tan mejor sabe, et tanta mayor pro face; et después de comer gelas deben facer lavar, porque las lleven limpias. Et limpiarlas deben en las tobaias et non a otra cosa, porque sean limpios et apuestos ca non las deben alimpiar en los vestidos asi como facen algunas gentes que non saben de limpiedat nin de apostura. Et aun dixieron que non deben mucho fablar mientra que comieren, et non deben cantar, porque non es lugar conveniente para ello. Otrosí dixieron que non los dexasen mucho baxar sobre la escudilla mientre que comiesen, lo uno porque es grand desapostura, lo al porque semejaría que lo quieren todo para sí el que lo ficiese, et que otro non tuviese parte en ello.»

Más modales que los anteriores, principescos, son remilgos y exageraciones.

N o se te olvide que el ser humano, en los largos milenios de su paso por la Tierra, ha sido pobre, pobre. Las abundancias que tantas veces se ven en nuestro siglo, jamás se las soñaron ni los reyes en el transcurso de la vieja historia. No era fácil para nadie hallar el alimento. Eran escasas las presas, pocos los frutos, difícil la pesca, avaras las cosechas. La mayoría de nuestras mezclas e ingeniosas alquimias culinarias fueron hechas con una inventiva avivada por la escasez, no dirigida por la opulencia.

Muchas de las más delicadas y antiguas recetas resultan hoy desvirtuadas por la profusión y el exceso en los ingredientes. A veces sufrimos una especie de nuevorriquismo culinario que nos lleva a doblar las raciones calculadas por las ancestrales maestras cocineras que las inventaron. En las salsas, sobre todo, tenemos la tendencia a creer que más, que un poco más de lo mismo, puede mejorar el plato, y en realidad lo arruina. Lo que hacemos es romper el equilibrio. El doble de ragú o de queso no mejora la pasta; más condimentos o especias que los sugeridos saturan las papilas y sobreexcitan el estómago.

Por favor, nunca olvides que el hombre, en casi todos los milenios de su alimentación, fue

pobre, pobre, y no olvides tampoco que su felicidad estaba hecha, las más veces, con muy pocos y
muy elementales ingredientes, cada uno usado
con mesura y en muy medidas dosis.

Te daré el ejemplo más simple para que lo
pruebes. Tuesta en fuego muy bajo la rebanada
de pan que sobró de antenoche. Espárcele encima una cucharada pequeña de azúcar morena. Ex-
prímele la mitad de una naranja madura y échale por los lados y en el centro un chorro exiguo de
aceite de girasol o de aceitunas. Morderás un sabor antiguo como las islas del Mediterráneo, sentirás que el ser humano podía ser feliz y rico con
muy poca cosa. Sabrás que la escasez y el deleite
no son incompatibles.

Hay pesadumbres que hunden, sin remedio, en el más hondo desconsuelo. Y el pesar es tan completo que tú misma te asombras de sufrir tanto y poder soportarlo. Sólo con él podrías aguantar tanta desdicha, pero es él quien se ha ido.

¿Ha muerto quien amabas y puedes resistirlo? ¿Ha muerto el que te hacía soñar y sonreír, y sin embargo aguantas? Antes, cuando él estaba, la vida era otra cosa, tú eras otra. Ahora sientes que has perdido lo que te hacía palpitar, sin darte cuenta, alegre.

No puedo consolarte. No tengo receta alguna que se apiade de tu tristeza y la modere. Al contrario, sólo puedo decirte que sufras a tus anchas, que sufras todo lo que puedas, hasta que sientas que tanta tristeza ya no cabe en un cuerpo. No ahorres lágrimas, chapotea en el dolor con tanta intensidad como antes en el goce.

Porque hay una regla ineluctable que, ahora que la oirás, te hará incluso más triste: con el pasar del tiempo ya no sufrirás tanto; querrás sufrir como antes y no serás capaz. Es imposible sufrir y sufrir por mucho tiempo. Incluso a él, a él, acabarás olvidándolo. Pésele al que le pese y pase lo que pase: si al cabo de treinta y seis meses sigues sufriendo como ahora, no sufrirás por él, sufrirás por la culpa de no seguir sufriendo. Aunque fuera sin límites el amor que sentías, el dolor es avaro, dura menos.

Nadie se atrevió, según el Evangelio, a lanzar la primera piedra contra la mujer adúltera. ¿Quién no esconde en su corazón el eco de un mal pensamiento? Lo dijo, si no me engaño, un tipo disoluto: el adulterio es la sal del matrimonio. Es decir que cierta dosis de adulterio es necesaria para no aburrirse mucho, para que no se vuelva soso el yugo conyugal que ata a las esposas con los maridos.

Una cierta dosis que, por supuesto, no es igual para todas. No todos los adulterios se cometen de la cintura para abajo. Bien lo saben los padres de la iglesia: también cometemos adulterio en nuestro corazón. Nada más cierto: en nuestro corazón, en nuestra imaginación, en nuestros sueños. Y de vez en cuando, algunas atrevidas, en la realidad.

Que le seamos fieles a nuestra pareja hasta en los más recónditos pensamientos no sólo es improbable: es poco recomendable. A la salud mental le conviene una rendija de infidelidad, una válvula de escape para el agobio demasiado intenso de la convivencia. No te embeleses en las fantasías, pero no te cercenes de toda fantasía.

Es por eso que, insisto, uno de los secretos para mantener el buen genio consiste en una cierta dosis de adulterio. La cantidad adecuada, como con cualquier droga, varía según las personas. Hay quienes se conforman con fugaces miradas en los buses, con permitirse un goce secreto por los piropos oídos en la calle, con un roce de pies y pantorrillas debajo de la mesa... Hay codiciosas que necesitan más.

A estas que necesitan más, y no las culpo, les doy una receta —no me lo creerán— de la mismísima Biblia:

«He salido a tu encuentro, ansiosa de verte, y al fin te hallo. Tengo tendida mi cama sobre cordones, la he cubierto con colchas recamadas de Egipto. He rociado mi alcoba con mirra, y áloe, y cinamomo. Ven, pues, empapémonos en deleites, y gocemos de los amores tan deseados, hasta que amanezca. Porque mi marido se halla ausente de casa, ha ido a un viaje muy largo y no piensa regresar hasta el día del plenilunio».

Trato de hacer entrar un sonsonete en tu cabeza. Un disimulado martilleo de palabras que quisiera alegres. No salen siempre alegres. A veces me contagio de tu propia tristeza y siento que no puedo hacer un chiste. Si no encuentro una broma en la llenura de la miseria cotidiana, voy hundiéndome en el lodo del aburrimiento. Y hasta que no encuentro el gusto de aburrirme, no puedo salir de ahí, hacia otra aventura (culinaria). Si yo pudiera, si los dos pudiéramos comer algo para salir de esta pesadumbre. Nada. No hay. Las pastillas embotan, emboban, alelan, enmemecen. Si uno fuera capaz de encontrar ese plato de la felicidad. Crecimos en penosas circunstancias; vivimos en un país triste, violento. Un sitio horrendo y egoísta donde la gente no se quiere. Se quiere matar. Necesitamos, pues, un manjar de alegría.

Lo importante, tal vez lo más importante, es no querer matarse a uno mismo. Luego, estar dispuestos a un ataque de risa. Alguien que tiene risa no se mata o por lo menos espera a que el ataque se le pase.

Tengo un plato de risa de dudoso efecto —por la dificultad de conseguir los ingredientes he podido probarlo tan sólo cuatro veces—, pero que en ocasiones (tres sobre cuatro) me ha dado los resultados hilarantes que buscaba. Se trata del codiciado filete de mamut. Ya sabes, este bicho está extinguido hace milenios, pero en los fondos de hielo de Siberia, en el potente congelador natural de los glaciares —de vez en cuando— por alguna súbita e inesperada erosión en los hielos perpetuos, se descubre un cuerpo entero de mamut intacto. Es el momento de prender la parrillada.

La carne de este mamífero, debes saberlo, tiene un sabor muy fuerte, parece algo almizclada, curada por el tiempo de ese fuego lentísimo del hielo. Evoca, su sabor, la cacería, tiene algo de jabalí enfurecido, algo de hígado de tigre cazado en plena rabia, sabor que mezcla adrenalina y bilis. Conviene que el romero, la mucha sal, el ajo, los chiles mexicanos, la pimienta, el eneldo, el pimiento, todo esto y otros muchos condimentos maceren esa carne oscura como las cavernas. Conviene al animal y al paladar. Después de asado, se traga sumergido en vodka a menos cuatro grados, se muerde con cordura y se mezcla en la cueva de la boca con el licor helado, formando con las muelas un paté frío y fuerte. Traga sin miedo y ayuda a descender por el sensible esófago con otro poco de vodka.

Tres veces que probé esta receta, como tengo dicho, el efecto del asado de mamut fue feliz e hilarante. Te advierto, eso sí, que una vez produjo vómito, diarrea, palidez, e incluso en dos comensales anemias y sangrados. De todos modos, si lo preparan bien, no te pierdas jamás un convite de lomos de mamut a la parrilla.

Niegan algunos cientistas de mente estrecha el efecto hilarante del mamut. No atiendas a sus agrios comentarios: ellos jamás probaron y carecen, por tanto, de la única prueba. Es infalible regla culinaria: confía sólo en quien haya probado. Yo que probé el mamut puedo decirlo: tres veces sobre cuatro lleva a la deliciosa hilaridad.

Lloran a veces los niños, y no quieren probar ni esto ni aquello. Hacen muecas, chillan, patalean, protestan. Y las madres se jalan el pelo sufriendo porque sus criaturas no se callan ni se calman ni comen ni van a tener tan rubicundo aspecto como las de la vecina. Hay un secreto para ganar este combate. Secreto no mío, sino de Pellegrino Artusi, mi maestro, el más sapiente cocinero emiliano, benefactor de las escasas, pero ciertas, dulzuras domésticas. Lo traduzco:

«Si tenéis un huevo fresco batid bien la yema en una taza grande, con dos o tres cucharaditas de finísimo azúcar en polvo; luego montad la clara hasta obtener una esponja consistente, y juntadla a la yema mezclando de manera que no se baje. Poned la taza ante el niño con cachitos de pan para que los meta y moje allí, de modo que vaya haciéndose bigotes amarillos y se ponga contento. ¡Ah, ojalá la comida de los niños fuera toda tan inocua como esta, ya que por cierto habría así menos histéricos y convulsos en el mundo!».

¿ Recuerdas que la suerte de la fea la bonita la desea? El refrán puede ser, simplemente, un consuelo para las feas o un desengaño para las bonitas. Es más bien un aviso: cuídate. Hay personas que no avanzan por exceso de talento, porque al ser buenas nunca se esforzaron y se quedaron girando alrededor de su fácil virtuosismo sin lograr salir de él. Es corriente la idea de que son tontas las bonitas, y por supuesto no es cierta. Pero algunas bonitas se bastan a sí mismas y creen no necesitar nada más que su hermosura: se descuidan, e incluso llegan, poco a poco, a embobarse. En el sonsonete de su belleza se embelesan, y así se quedan para siempre, aun cuando estén marchitas.

Algunas, además de inteligentes, son hermosas. Pero son tanto, lo uno y lo otro, que muchos hombres pierden el ánimo, se paralizan sintiéndose inferiores. Es un defecto de los hombres, claro, pero a ti te afecta; recuerda, si es tu caso, el consejo del sabio: «Disimula la hermosura con el desaliño».

Y hay otra circunstancia peligrosa: la incapaz de escoger porque las oportunidades fueron muchas. Como polillas revoloteando en las farolas la cortejaron muchos hombres, demasiados, y quizás ella escogió alguno chamuscado. ¿Pero qué hacer cuando las noches eran un tiempo intermitente de sueño y serenatas? Parecían turnarse, los innumerables varones, para llevártelas. Y es difícil, así, enamorarse de uno, de uno solo, definitivamente, porque nadie reúne en sí mismo todas las cualidades y si aquel era más apuesto, este otro era más instruido, aquel otro más rico, el de allá más simpático, y ese otro más alegre. Nadie que fuera alegre, apuesto, simpático, instruido... Todo al mismo tiempo. Te entiendo: hubieras querido preparar un coctel de los míos, mezclándolos, pero no era posible. Y claro, así cualquiera se equivoca.

En este punto, se supone, debería venir algún consejo, al menos un consuelo. Pero no, no se me ocurre nada. Como no sea que cultives tus defectos (pues no hay quien no los tenga), los acicales, los pulas, los exhibas, como una clara señal de que no perteneces al inaccesible mundo de los ángeles. No escondas tus miserias: puedes estar segura de quien gusta de tus defectos, que a tus encantos y cualidades cualquiera se aficiona.

El helado de pétalos de rosa, muy pese a lo que dicen insignes tratadistas, no es bueno para el mal aliento. Sólo una cosa te salva de este que se vuelve fiel inquilino cuando se instala dentro: cepillos, sedas, gárgaras, una higiene exhaustiva de la boca, esa especie de víscera que la naturaleza nos puso tan afuera. ¿Te ofendo si te digo que te laves los dientes? Ya sé que lo haces, que no dejas de hacerlo. Si es así y el inquilino no se va, entonces prueba pues los pétalos de rosa, mucho mejores que los aerosoles mentolados. No creo que funcione, pero otras recetas son aún más supersticiosas.

A la mujer virgen que desee perder esa su curiosa condición y que quiera romper ese cerrojo que encarcela su vientre, le daré la llave.

Tanto ruido se ha hecho con asunto tan simple, que no es fácil despojarlo de las telarañas de los siglos.

La virginidad, hace un minuto, la no virginidad, después: «¿Eso era todo?». La mayor parte de las mujeres, simplemente, se decepcionan; incluso porque no duele tanto y quisieran que la culpa, si la hay, fuera más dolorosa. También porque el placer rara vez viene tan rápido y quisieran que el gusto fuera más gustoso.

Opino, en realidad, que no es la virginidad lo que interesa, lo que preocupa. Lo importante, lo que te hace temer —quizá— o estar ansiosa, es esta rima: la desnudez y la primera vez. No es fácil desnudarse ante un extraño; y toda primera vez es una conjunción de expectativas, de temores, deseos y dudas confundidas. Tanto que alguien sentencia que el secreto para mantener vivo el entusiasmo es hacer las cosas, siempre, como si fuera la primera o la última vez que las hacemos.

Pero volvamos a lo nuestro. ¿Con quién hacerlo la primera vez? No censuro la vieja costumbre de la noche de bodas, con marido oficial ya autorizado e himeneo legal. O como lo decían los manuales de mujeres piadosas: «Inmola tu virginidad en el sagrado altar del matrimonio». Es un desvirgamiento protegido por leyes y bendecido por iglesias que le da al acto la solemnidad de lo que nadie desaprueba. Sin embargo, no todas quieren aguardar a la luna de miel para probar aquello. No las culpo. Antes el himeneo se realizaba a los catorce años; ahora para casarse hay que esperar, qué sé yo, a los veinte, a los treinta, aun más tarde. Y dejar que por decenios sólo la imaginación tenga conocimiento puede llegar a hinchar demasiado sueños y pensamientos.

Es curioso el prestigio de que por tanto tiempo y en tantas culturas ha gozado la virginidad. Ya el más grande poeta de la alegre Inglaterra sostenía que «la virginidad está contra las leyes de la naturaleza, y tomar partido a favor de ella es lo mismo que acusar a nuestras madres, lo que envuelve una evidente falta de respeto. En realidad, no se puede dar vida a una virgen si antes no se ha perdido la virginidad. Toda virginidad que nace procede de una virginidad perdida. La pérdida de una virginidad implica provecho para la nación: de una virginidad perdida pueden nacer otras diez».

¿Con quién hacerlo, pues, si este gracioso razonamiento te convence? ¿Con el querido novio? ¿Con un amigo comprensivo? ¿Con un primo en vacaciones? ¿Con un desconocido que no exija consecuencias? ¿Con el hombre que ames desesperada o esperanzadamente? ¿Con uno que no importe demasiado pero que sirva para salir del paso? Amiga, no lo sé. Mujeres han probado todos estos remedios y la respuesta es parecida en todas: nada del otro mundo. Lo preferible, aunque escasea la feliz circunstancia, es hacerlo con amor y siendo amada, pero no siempre se puede esperar a tan escasa coincidencia.

Evita, por supuesto, al bruto y al violento. Evita al memorioso puritano que toda la vida te sacará en cara el tonto orgullo de haber sido el primero. Saca el cuerpo, también, a quienes tengan una edad muy distinta a la tuya. Es bueno que la emoción y la experiencia no sean muy distantes. El asunto, en realidad, no es nada trascendente. Recuerda el aforismo de aquel sabio: «El ideal de la virginidad es el ideal de los que quieren desvirgar». No es tuyo, temerosa doncella, no es de amables donceles, es de machos prepotentes.

He estado consultando manuales y tratados para aconsejarte en lo que has de hacer después del parto. Hay a tu lado, de pronto, un ser gimiente. Tiene hambre y exige. Por algo le dirán infante y lactante: no habla y pide a gritos lo único que quiere: leche. Como alguno de tus amantes, hay otro enamorado de tus pechos.

El muy sabio rey don Alfonso ya lo sabía, hace siglos: debes tú misma amamantar a tus hijos. Nada de biberones y nodrizas, nada de teteros, que para eso la providencia te dio no una sino dos fuentes de cándida leche en los henchidos pechos. Pero si por desgracia tienes que usar nodriza, escucha este consejo del sabio soberano: «Las amas han de ser sanas, y bien acostumbradas, e de buen linaje, ca bien así como el niño se govierna, e se cría en el cuerpo de la madre fasta que nace, otrosí se govierna, e se cría del ama desde que le da la teta fasta que gela tuelle, e porque el tiempo de la crianza es más luengo que el de la madre, por ende no puede ser que non reciba mucho del contenente, e de las costumbres del ama».

Así que ya sabes a qué atenerte: tu hijo ha de ser como aquella que te lo cría. Ojo pues con tus niñeras y nodrizas y mucamas; de ellas bebe el infante lo que será cuando hable.

Creíste haberlo amado alguna vez. Mejor dicho, lo amaste. Pero ahora, sólo pensar en él te produce escalofríos, repugnancia. Fue como amar un guerrero en armadura de la que sale, de repente, la floja gelatina viscosa de un ser abominable. Cómo fue posible que yo, esta de ahora, haya querido alguna vez a semejante... Cómo vivir con este recuerdo perfumado de rabia.

Lo malo es que todavía, de vez en cuando, te vuelve a la memoria su coraza vacía, su carne de molusco. Y tú quisieras poder sumar todas las miserias y pequeñeces de ese mequetrefe disfrazado de héroe para adquirir la perfecta indiferencia, para no pensar ya nunca más en él o pensarlo como se piensa en que se te olvidó comprar la jalea para el desayuno. Sin odio, sin temblores, sin ganas de venganza.

Una hechicera de los páramos del altiplano, una altiva hechicera de saberes librescos, me dio una vez la receta para disolver el recuerdo disgustoso de un mal amor pasado. Para cancelar esa oprobiosa memoria, al parecer, se requiere volver a la sevicia de los rituales salvajes y, como en ellos, es necesario hacer violencia a un animal inocente pero, como el recuerdo, repugnante.

Habrás de conseguirte una babosa, un caracol sin concha, mejor dicho. Una de esas que después de la lluvia se pasean parsimoniosas por el suelo, dejando una estela de baba espumosa que da bascas, como el recuerdo de aquel. Pondrás la babosa sobre un pañuelo de lino de color pastel y cogerás un puñado abundante de sal fina. Echa la sal sobre la babosa y aprecia cómo empieza a retorcerse y entre retortijones a disolverse en nada. No mires más, ata el pañuelo y entiérralo veinte centímetros bajo tierra. Con la babosa disuelta en sal se disolverá también ese asqueroso recuerdo.

No he probado jamás esta receta, pero la risueña sacerdotisa de los páramos me aseguró su eficacia.

Pocos conocen y menos reconocen la eficacia de la cura que pasaré a explicar. Pero es, quizá, la única receta que jamás decepciona. He querido llamarla la *cura del rostro,* porque no hay quien no tenga en la memoria un grupo no muy grande de caras que, a su vista, producen alegría.

El rito del sosiego es el siguiente. Dos sillas y una mesa, un paté de hígado de ave, tostadas de pan fresco y trigo íntegro, una botella helada de vino de Sauternes, y frente a ti la cara del amigo, de la amiga, el rostro que conoces, uno de esos que con sólo verlos nos devuelven la calma.

El paté, a los amigos, les recuerda que son carne. El pan no los deja olvidar que todo nace de la tierra y todo a ella vuelve. El espíritu del vino de Sauternes aviva lo que más nos hace vivos: la posibilidad de unir dos pensamientos.

Quiero decirte ahora de un arte muy antiguo: el arte fisiognómico. Lo debes cultivar desde muy pronto pues sólo la experiencia te ha de guiar sin tropiezos por el conocimiento de la gente a través de los signos de su cuerpo. Tal vez sin darte cuenta ya ejerces esta ciencia cuando, al ver una cara, arriesgas una hipótesis del que la lleva. Si lo piensas bien verás que cada rostro revela su propia historia; incluso los mejores actores no pueden ocultar las huellas que la vida va cavando en su cara.

Todo el cuerpo nos habla del dueño de ese cuerpo. La forma del cráneo, que tan a fondo estudiaron los frenólogos, no es una clave unívoca y nítida, pero tampoco tan oscura como para no decir nada. Fácil es descartar las frentes muy estrechas, pues ¿qué han de contener menos de tres dedos de materia gris entre el final de las cejas y el comienzo del cuero cabelludo? Evita las cabezas muy pequeñas pues la oligofrenia indica ya la pequeñez de espíritu.

Unos ojos muy separados, unas cejas ausentes, un labio superior que se aprieta sobre el de abajo hasta hacerlo desaparecer, un cuello demasiado corto, las uñas carcomidas por los dientes, una gran panza, la obesidad del insaciable, la enjutez seca del delgado en extremo, los pies enormes, el arco sospechoso que forman las dos piernas. A todo esto y mucho más has de mirar con cuidado y también a la forma de vestir, pues como dijo en su Partida Segunda don Alfonso el Sabio, «vestiduras facen mucho conoscer a los homes por nobles o por viles». En un sector de tu memoria encontrarás avisos que te ayuden a interpretar estas características. Atiende a esos avisos, confía en ti, no te vayas detrás de lo que te inspira asco, tristeza, desconfianza; no trates de vencer lo que crees prejuicios y en cambio son oscuros signos del pasado de tu especie.

Cuando cambias de sitio (de geografía), la memoria padece una crisis de recuerdos. El pensamiento, casi siempre, tiene un recorrido que sigue el curso de los ojos, y como tus ojos ven asuntos que casi no reconocen ni disciernen, tendrás un martilleo de imágenes e ideas en la cabeza difícil de desenredar.

Poco tiempo después verás caras conocidas, pero ya no sabrás a qué sitio corresponden, si al de antes o al nuevo. Las miras fijamente sin saber en qué lengua te hablarán, y cuando abren la boca, antes de que el sonido salga, estarás al acecho de todos los indicios. Buscarás algo que te diga si este trozo de existencia pertenece a tu vida de ahora o a la de antes.

Al amanecer, al abrir los ojos —en ese momento en que la mirada golpea cielorrasos y paredes—, los primeros segundos no estarás segura de en qué sitio te despiertas, tardarás un rato en recobrar el hilo de tu vida, y por un momento sufrirás el temor de que se haya roto definitivamente.

Una mano a tu lado, una nariz conocida, recta o aguileña pero conocida, podrá servirte de ancla a ese pasado que no puedes perder si no quieres extraviarte por los nuevos rumbos. Pero si la decisión era cambiar la geografía para cambiarlo todo, para extraviarte de gusto y empezar de nuevo con la esperanza de que en el otro sitio no reaparezcan los errores de siempre, entonces convendrá no buscar caras sino asomarte a la ventana y hacerte dueña, desde lejos, del paisaje extranjero.

Así mismo, en los sabores, si quieres recordar, en casi todo hallarás reminiscencias y creerás descubrir en la polenta el aroma de la arepa. Si quieres olvidar, en cambio, reconocerás que el olor de las trufas no se parece a nada conocido, que la amargura del *radicchio* nada tiene que ver con el zapote. Y olvidarás para siempre el sabor del tamarindo, la avara consistencia del mamoncillo, el erótico olor de la guayaba.

Uniré dos sentencias ajenas y sapientes con el fin de inducirte a la moderación. La una es de Quevedo, el miope, cojo y lenguaraz Quevedo, que dijo: «Todo lo demasiado siempre fue veneno». La otra es del indigesto Ceronetti, experto entendedor de los silencios del cuerpo: «Por muy poco que comas, comerás demasiado».

¿Qué es esto, te dirás: un cocinero que me invita a la anorexia? No. Para hacerse entender conviene exagerar. Pero nunca conviene exagerar comiendo: mejor las ganas de repetir que el empalago.

Además, sólo un secreto hay para no engordar comiendo: preparar bien los platos. La mala culinaria es tan desagradable que quita el hambre mal, no sacia el apetito. Los manjares deleitosos no complacen tan sólo la barriga: sosiegan el espíritu y por eso permiten raciones razonables. Mientras peor sea lo que comes, más te atiborrarás de todo aquello, te llenarás sin piedad en busca de un deleite profundo que no llega.

Al que dice quererte, ¿cómo creerle? Si hubiera alguna estratagema para saber que no miente, un potaje mágico de color amarillo que, si él lo tomase con cuchara de plata, revelara el secreto de sus verdaderos sentimientos. El potaje se volvería verde en caso de mentira, y naranja subido, casi rojo, cuando fuera seguro que te quiere mucho; y cuanto más subido el rojo, más amor te tendría. Si la sopa, en cambio, conservara su amarillo original, querría decir que en cuanto al corazón le resultas del todo indiferente.

Yo sé que esta receta me haría rico. Sería un invento útil y fácil de entender. Como un semáforo. Me he pasado decenios con polvillos, raíces y verduras, con aves y cuadrúpedos, buscando este potaje tornasol. Aún no lo he hallado. Pero a falta de un método infalible, sigue el viejo consejo matemático: hay que creer la mitad de la mitad. Si después de ese par de divisiones queda en pie una llamita alumbradora, empiézale a creer, pero no olvides: los hombres son cobardes para amar.

Que qué cansancio, que no tiene un minuto. Mentiras. Lo que no tiene es fuerzas para pensar la vida, calma para sentir cómo transcurre.

Cuando él no tiene tiempo, cuando él trabaja mucho y mide los segundos como otros las horas y los días, cuando él es incapaz de sentarse a conversar, sin ansiedad, un rato, no le creas. El trabajo es el escondite que hallaron los hombres para no vivir según un ritmo más humano y más decente. Es su manera de poder estar solos sin tener que decir que quieren estar solos.

¿ Recuerdas el precepto antiguo, del amigo de Diótima, «conócete a ti mismo»? Lo recuerdas, claro. Por una vez, conscientemente, me voy a permitir una observación de puro macho chovinista: este precepto no sirve a las mujeres; ellas, antes que a sí mismas, prefieren conocer a los demás. En cuanto a conocimiento, las mujeres tienen una indudable vocación de altruismo.

Las personas, eso lo sabes bien, no nos gustan o disgustan por sus grandes gestos, por sus hazañas o sus empresas importantes. Es en lo nimio, en lo ínfimo, en los diminutos detalles insignificantes, donde se encierra el significado de los hombres, su diseño secreto: allí resolvemos si hay afinidad o repelencia.

Una vez, por una confluencia de casualidades que alguno no dudaría en calificar de mágica, me fue revelado el método para conocer a las personas. Es sencillo, pero requiere una desprevención casi infantil para percibir los detalles. Como en una partida de ajedrez, todos los participantes han de contar con las mismas piezas. Que son cinco:

Un plato de porcelana mediano
Tenedor y cuchillo de buen filo

Una servilleta
Una naranja madura

Quizá, como siempre, mi excesiva simpleza sea decepcionante. Pero he comprobado que en el modo con que una persona corta o pela una naranja, y en el además con que la prepara y se la va comiendo, está la cifra y clave de su personalidad, de los motivos de su comportamiento.

Habrás de ver, ante todo, que hay metódicos como teutones y japoneses en todas las razas, y japoneses y teutones caóticos como el más crudo y burdo de los salvajes. Analizarás los detalles. La forma de pelar es de gran importancia: no es lo mismo ese ir dándole la vuelta al fruto, de polo a polo, en forma de curvado caracol, dejando al final una sola serpiente llena de cimas y sinuosidades o especie de resorte, que el corte de los polos y luego las incisiones longitudinales para arrancar pétalos simétricos de piel. No es igual el que en vez de pelarla la parte y con la cáscara se lleva medialunas de naranja hasta la boca donde los dientes se encargan de sacar la pulpa, al que corta una tajada por encima y con el cuchillo remueve lo interior para irlo sacando poco a poco, o el que después de pelarla se la va tragando gajo a gajo.

Formas de comerse la naranja hay casi tantas como personas. Y formas de sacarse las pepitas de la boca, y de hacer muecas ante la dulzura o acidez del líquido. No sé darte la clave de todo movimiento: pero observa a tus huéspedes mientras comen naranja: allí está la cifra de su mundo; allí decidirás si te gustan o no. Incluso en el gesto de esos extravagantes que rechazan la naranja diciendo: «perdón, me hacen daño (la manera de muchos para decir "no me gustan") los cítricos», hallarás un motivo de conocimiento, de gusto o de disgusto.

¿Que eres fea? Perdóname si supongo, más bien, que eres ignorante. Hay una cosa, deberías saberlo, que se llama artes plásticas. Lo que con estas artes se produce es tan maravilloso que desde hace milenios el hombre lo cultiva, lo cuida, lo conserva. Es la memoria, la memoria de lo que nos gusta. Piedras talladas, vasijas con dibujos, pinturas, lienzos, muros, esculturas, y más recientemente fotos y películas. Y allí hay, sobre todo, imágenes de mujeres. Mira bien y verás que seas como seas (tu cara, tu cuerpo, tu adelantado o tu trasero) en alguna parte, alguna vez, habrás sido prototipo de belleza. Y una belleza serás, de todas formas, para alguien.

Cuando te dices fea querrás decir que tu hermosura no está ahora de moda. Lo que no significa que no haya quien te admire, pues todavía hay gente con carácter que no juzga según los modelos del ambiente sino con los ojos, con los propios ojos.

Tal vez aún no lo sepas, pero a alguno tú haces perder el sueño, el apetito. Él te ha visto una vez y sin embargo, es como si de siempre te estuviera buscando, y como si en un momento de deslumbramiento, al verte, al fin, te hubiera hallado. Como por efecto de una memoria ancestral te reconoce y es a ti, sólo a ti, a quien él buscaba. Tú tal vez no lo sabes, pero en algún rincón de la Tierra hay un hombre que te está buscando.

Te enfermaste y no hay nada que hacer; vas a morirte. Lo que queda de vida podrá contarse en meses (tres, once, diecisiete...), ya no en años. Los que te quieren lo saben y lloran a escondidas para que tú no sepas que ellos saben. Tú lo sabes y lloras a escondidas para que ellos no sepan que tú sabes. Te despides. Te quedas largamente mirando los objetos que quisiste. Miras por la ventana el guayacán con hojas todavía verdísimas y sabes que ya no habrá tiempo para volver a verlo furioso de amarillo. Te despides. Imperceptiblemente te despides de cosas y personas. Miras con la nostalgia de la última vez y algo por dentro te aprieta, se encoge, quisiera protestar pero no puede, se resiste y se resigna.

Después de un tiempo quisieras abreviar el sufrimiento, pero no eres capaz. Los que han probado el opio sostienen que «lo único real es el dolor». Está bien que suprimas el dolor, es decir la realidad. La receta es el opio. Tienes derecho, si quieres, a despedirte de la vida en calma. La receta proviene de la flor de amapola.

No permitas que él, que nadie, te encierre en la cocina, así muchos supongan que la cocina es el sitio reservado a las mujeres. En la cocina sola no puedes estar o acabarás cociéndote en tu propia salsa de amargura. Es cierto que en las ollas se halla distracción y que con buen cuidado y buenos ingredientes mantendrás muy despiertos todos los apetitos de quien contigo habita. Pero no te limites a estar en la cocina, y menos sola. Más bien haz lo siguiente: consigue que él aprenda a hacer un plato fácil y que empiece a creer que por ser hombre (todos lo creen) logrará superarte también (siempre dicen también) en la cocina.

Para este plan no es mala idea una tortilla de esos tubérculos que los españoles, alargando la voz inútilmente, insisten en llamar patatas y son papas. Eso sí, a la tortilla, no permitirás que sea él el que le dé la vuelta. Enséñale a pelar las papas y a cortarlas en rebanadas ni delgadas ni gruesas. Para que entienda bien, dile que no más gruesas que las monedas de quinientos que guarda en el bolsillo (y lo has de ver sacando la moneda y midiendo el tamaño). Enséñale también a ponerlas en la sartén con el aceite aún frío. Dile que no es tan fácil batir muy bien diez huevos en una coca grande, que no debe quedar rastro de yema ni de clara, que la medida de sal es sutil e importante, así como el momento en que las papas se deben aliñar con una única cebolla cabezona en rodajas, más una manotada de perejil picado muy menudo.

Dile también cómo, al alcanzar un tenue dorado, un bronceado leve como de costa del sol en el otoño, se cuelan las papas y la cebolla frita y cómo debe mezclarlas, en frío, con los huevos batidos. Después, en poco aceite, enséñale a depositar la mezcla con cautela y dile que te avise cuando empiece a secarse por encima. Dar vuelta a la tortilla, ya te dije, es lo único difícil. Pero no se lo hagas saber, mándalo a otra parte mientras en una tapa haces la voltereta necesaria. Cuando él vuelva verá la parte dorada por encima y se sorprenderá de sus dotes culinarias. Pocos minutos más y dile que ponga la tortilla en una fuente, con rodajas de pan.

Este es un buen comienzo para tener un compañero fiel en la cocina. Sigue con ensaladas, carnes rápidas, jugos de frutas varias. Llegará el día en que lo vas a ver leyendo una receta y dando finalmente una sorpresa. Al cabo de los años una pareja encuentra que su mejor acuerdo se encuentra en la cocina. Por eso no te encierres, no dejes que este sea tu único atributo, aprende a fabricarte un mozo de cocina.

Ah, el café, el café. Nuestro país ha sobrevivido por siglos gracias a esta planta y bebida de los árabes. Es una droga dócil, atenuada, de efecto maravilloso, pues aviva la conciencia sin desbocarla ni desesperarla. Brebaje ideal para la somnolencia y la pereza, para el desánimo y la apatía, para la ataraxia y el exceso de resignación. Voltaire, que era despierto y divertido, un filósofo risueño que nunca tuvo úlcera, se tomaba más de treinta tazas diarias de café para avivar su ingenio y su sabiduría. En Voltaire el café hizo el mejor efecto, descrito por un conocido volteriano de España: «Voltaire es el hombre de letras al que menos opiniones desastrosas pueden reprochársele, aquel en cuyo nombre o con la inspiración de cuyas doctrinas es más difícil cometer crímenes». Fue gracias al café, lo sé.

En momentos en que el ánimo está bajo, o cuando la comida ha sido demasiada, o cuando los vacíos de silencio empiezan a ganarle al intercambio de palabra, o cuando el mal humor roba el espacio de los buenos humores, o cuando es necesario pasar la noche en vela, no hay líquido más ameno y confortante que el café.

¿De toda la modorra de la madrugada, del delicioso abrazo de las sábanas, no te levanta la exquisita esperanza de un café con leche? Desconozco una manera mejor de empezar la mañana, salvo cuando con tiempo, además del café, gozas también de amores con tu amado. Esta combinación es la ideal, mas no siempre posible, con las prisas que corren hoy en día.

Para hacer el café lo mejor es molerlo en el momento, y que sea un café de granos sanos, enteros, muchos de ellos cogidos en sombrío de montaña, y ojalá que el sombrío haya sido de cacao, de guamos y madroños. Te digo lo ideal y no lo indispensable. Lo indispensable sí es molerlo poco antes, y usar alguna máquina que haga pasar el agua casi hirviendo, y lenta, por el café pulverizado. Los italianos han hallado buenos métodos para hacer esto bien, aunque también los turcos con su jarrito de boca puntiaguda y los nórdicos con su jarra que filtra con un émbolo. Todos son buenos métodos para hacer el café.

Tómatelo despacio, abre los ojos, aviva los sentidos. Con el café la vida se hace transparente. Ni bebas ni examines el poso del café. Si lo miras da cáncer de cerebro, si lo tomas, tumores al estómago.

El nombre más hermoso y clásico de la manzana lo recibe una fruta con sabor de rosa. Es rara, escasa, aromática. Nadie la cultiva, crece por ahí, en árboles gigantes que dan sombra a otros sembrados. Su corteza es lisa y circular, con dos pepas adentro. Es casi seca, con una leve humedad de pétalo. Aquí se llama poma. Parece un pomo para abrir un cajón repleto de secretos. Parece una bola de perfume, parece una mejilla de doncella tierna.

Si comes pomas al caer la tarde, besarás por la noche en perfecta armonía con la otra boca. Si comes pomas en la madrugada, revivirás los besos perfectos de la noche. Come pomas para aprender a besar, come pomas para que te besen.

Y el secreto del beso, ¿cuál será? A veces nos parece que el otro no se entrega. Enuncia una frontera con sus dientes, asoma dudas en sus labios tiesos y la ventosa no funciona, como si el alma, es decir el aliento, se negara a entregarse. En cambio hay otros besos en que las bocas casan perfectamente, como una ficha de rompecabezas con su correspondiente. Eso es: a veces otras bocas no empatan con las nuestras, no hay empatía, no se encuentran. Hasta no dar un beso profundo y prolongado no sabrás si el que te gusta te gusta hasta la muerte.

A ese insolente que te busca sin darse cuenta de que tú no quieres; a ese que te apoya el muslo en la rodilla y te pone la mano sin gracia y sin efecto o con efectos repelentes en tu cuerpo; a ese más fastidioso que mosquito al conciliar el sueño, más molesto que guijarro en el zapato, importuno como un barro en la nariz, como piquiña en mala hora y peor parte, nauseabundo como hediondez al momento del almuerzo, como un pelo en la sopa, a ese empalagoso como miel con panela y mermelada, aborrecido como ave de mal agüero, a ese bostezo humano, a ese impertinente, te diré cómo sacártelo de encima.

Prepara este potaje: dos onzas de estricnina, seis gramos de cicuta, una pizca de arsénico y tres cucharaditas de sales de mercurio, todo bien mezcladito con azul de metileno. Ya lo sé, eres muy educada y el boticario no querrá despacharte la receta. Por los dos motivos, aquel impertinente del que hablamos volverá a la carga con sus majaderías y manitas.

Puedes dejar a un lado tus modales, por un instante, pegarle un grito inmenso que lo envíe a esa infinita e infranqueable distancia designada por la palabra porra. Pero mejor aún, sin perder las maneras, usar una receta —horrible— para echarlo, un plato que bocado tras bocado vaya haciendo estragos en lengua y paladar, y produzca catástrofes en el esófago y en la barriga.

Haz una mayonesa con huevos no podridos ni muy frescos más el aceite rancio que usaste para freír pescado. Mucha, muchísima mayonesa. Pon mientras tanto a cocinar un puñado abundante de tallarines y déjalos hervir tres veces el tiempo que recomiendan en la caja. Licúa los frisoles que sobraron del almuerzo del miércoles con trocitos de hígado de buey y un tanto de pezuña. Saca los tallarines blancuzcos y babosos, ponles la mayonesa y los frisoles y desmenúzales encima un poco del quesito que sobró del otro día.

Niega que tengas hambre y sírvele la mezcla más bien tibia, casi tirando a fría. No vayas a probar este menjurje. Mira más bien cómo se van nublando los ojos del impertinente. Elogiará, por zalamero, tu plato. Pedirá incluso un bis. Se tomará dos vasos de agua tibia (ponla en la mesa así, templada en la cocina). En un momento dado preguntará por los servicios. Poco después recordará un olvido, algo urgente, y ganará la puerta. Tanto como tu plato serás inolvidable. Pero no volverá. Al fin, no volverá, te lo habrás sacado para siempre de encima.

Si vuelve, cianuro o estricnina (imaginarios).

¿Rezar? Pues sí, no tiene nada de malo, y mejor que lo hagas en latín, la lengua que dominan nuestros santos. ¿Que nada sabes ya en la lengua de Ovidio y de Lucrecio? ¿Que ni una frase sabes de las oraciones que dictó a san Ambrosio el santo espíritu? Mala cosa. Yo he de decirte entonces plegarias milagrosas, jaculatorias suaves que endulzan el oído del más altivo, del más esquivo santo. Escucha por ejemplo este pausado himno (e infalible) de los siete dolores:

> *Eheu! sputa, alapae, verbera, vulnera*
> *Clavi, fel, aloe, spongia, lancea,*
> *Sitis, spina, cruor, quam varia pium*
> *Cor pressere tyrannide.*
> *Cunctis interea stat generosior*
> *Virgo martyribus: prodigio novo,*
> *In tantis moriens non moreris, Parens*
> *Dirirs fixa doloribus.*

¿Que no me entiendes nada? Pues bien, te lo traduzco, o dejo que lo haga un célebre poeta, al idioma vernáculo que hablas:

> *¡Cuán tiránicamente te oprimieron*
> *El corazón los golpes incontables,*

La sed, la hiel, la lanza, las heridas,
Los clavos, las espinas y la sangre!
Pero tú resististe aquellas penas
Con mayor heroísmo que los mártires,
Y fue milagro que sobrevivieras
Por ser mortales sufrimientos tales.

Ya ves qué fácil es, mujer incrédula. Si crees, si confías, si te rindes a la serena virtud de las palabras, los más duros tormentos los soportas. En caso de emergencia, te doy este secreto:

Y ya que la salud es vuestra esclava
Y que la enfermedad os obedece,
Sanad del todo nuestras almas lánguidas
Y haced que en ellas la virtud aumente.

¡Oh, no! No te estoy recetando beatería. Pero decir palabras en voz baja, recitar un rosario sin prisas ni fastidio, sentarse a meditar pensando en nada, ser capaz de vaciar el tiempo de toda ocupación y dejarlo transcurrir tranquilamente, lleno tan sólo de palabras que vagamente entiendes, es antigua receta que por siglos y siglos ha venido sirviendo a tus hermanas en goce y en suplicio. Pruébala tú también, que no hace daño.

La rutina no es, como piensan algunos superficiales y mendaces, lo que hace la vida insoportable. Es más bien lo contrario: tantos actos de la vida son tan insoportables que si no los volviéramos rutina, harían que la vida fuera insoportable. Dice un amigo sin nombre: «La única manera que tiene el hombre de soportar la vida es haciéndola rutina».

Porque hay oficios tediosos e inevitables que no deben ofender nuestra cabeza con la sombra de un pensamiento, de una duda; hay que mecanizarlos y hacerlos sin pensar: sacar el polvo, lavarse el pelo, limpiar el piso, pagar las cuentas, ir a la oficina. No pienses en lo horrible, vuélvelo rutina. Acepta sin lucha las inevitables tareas cotidianas y reserva el entusiasmo para las insólitas. Come y cocina platos simples para el diario. Y que cuando haya un manjar todo sea una fiesta. La existencia no aguanta banquetes cotidianos. Que lo rutinario se convierta en un zumbido inaudible, en un fondo inevitable de la otra, la verdadera vida, la que sí piensas y buscas y renuevas y cambias y proteges. No vuelvas rutina lo que te exalta, lo que te interesa. Lo que no importa pero toca hacerlo debe ser rutinario para que no pese.

No pretendo enderezar destino alguno. Los tortuosos caminos que trazan nuestras vidas nos parecen a veces erráticos desvíos, inútiles rodeos cuando existen atajos mucho más expeditos. Pero yo no reparto culpas e inocencias, faltas y aciertos, medallas y castigos.

Nadie puede indicarte la infalible ruta de la felicidad. Esa te la fabricas sola y no depende, sin embargo, ni siquiera de ti, sino de una mezcla casual y siempre diferente de azar y voluntad. ¿Qué, si tu imaginación te lleva a amar a la persona equivocada? ¿Si escoges soledad cuando más te convenía compartir lecho y techo? Pero no hay quien lo sepa de antemano y la experiencia ajena no te sirve.

Para esos ratos de impaciencia en que la vida te parece una continua pérdida de tiempo, te daré una receta que hace transcurrir los minutos más serenos, que te ayuda a convencerte de la poca importancia que tienen los segundos, las horas y los días. Déjalos que transcurran en silencio y aprende esta lentitud en el conejo murmurado.

El inquieto, el nervioso, el tembloroso conejo acaba su lujuriosa carrera mundana sin piel, sin vísceras y despresado en el fondo de una cazuela de barro. Da casi pesar su carne violácea y casi se comprende a los vegetarianos. Hay que hacer una larga ceremonia de purificación y sacrificio para atreverse a masticar sus delicadas carnes. Se trata, te repito, del conejo murmurado.

El conejo se deposita, pues, en la cazuela, destrozado. Se añaden muchas hierbas: tomillo, laurel, pimienta, clavos, orégano, romero, perejil. Y ajos y cebollas cabezonas. Dos litros de vino tinto seco y rojo como sangre. Se pone en un fuego lento, más que lento, lentísimo, ni siquiera en el fuego sino cerca del fuego. Allí, a las horas, empieza a murmurar, el conejillo empieza a murmurar. No hierve, no bulle, no bufa, no protesta, suelta su espíritu en un murmullo suave, despacioso, inaudible casi, imperceptible casi. Pocas burbujas breves y pequeñas ascienden. Y debe murmurar toda la tarde, toda la noche, toda la mañana y apenas al crepúsculo del día siguiente se podrá empezar a probar y masticar sus bocados. Son deliciosos, suaves, inanimados. Son casi un vegetal, pese a los huesos, pues los huesos después de los dos días son como pepas o semillas. El conejo murmurado te enseñará la calma y el desprendimiento que requieres. Ensaya este secreto, este rumor o ronroneo, ensaya este murmullo si no me crees y para que me creas.

Algunas, en un reclinatorio y tras rejilla oscura, se confiesan. Otras, tal vez más sabias, van al baño y se lavan. Ambas quedan limpias y vacías de culpa. Una ducha, un baño de inmersión, un rato de palique con el pecho descubierto. Viejas recetas buenas para estar serenas.

V iejos prejuicios de sosos tratadistas pretenden denegar que sea posible que tú quieras a varios. No a lo largo del tiempo; al mismo tiempo. Yo he constatado, en cambio, que este caso es factible y mucho más frecuente de cuanto los psicólogos y confesores lo quieran admitir. Hay que reconocerlo: es tan diverso el mundo, tan rico y tan variado, que a nadie ha de extrañar que nos atraigan personas muy distintas. Son pocas quienes tienen gustos definitivos y excluyentes: tan sólo el amarillo, el clima en primavera, la piel bronceada por el sol de junio, la música de Mahler al final de su vida. No: también el azul celeste y un toque de naranja, las brisas de noviembre, el tono de piel cándido que sólo da Finlandia o el atezado bruno de las praderas de África, quizás soplando un corno o un estupendo saxo de Nueva Orleans.

Así que no te agites si tienes dudas entre tres o cuatro postulantes, o incluso entre las docenas de ojos que se vuelven para verte pasar, o entre dos pretendientes que se mezclan tan bien como el agua y el aceite. Hay madrugadas turbias en que el cuerpo nos pide un desayuno amargo; existen noches plácidas, y ensueños deliciosos, que nos incitan el apetito de las melosidades, hasta que el empalago nos lleva por los rumbos manidos de un almuerzo sin sal o una cena picante. Así es la vida, variada y multiforme, sofisticada y simple, vestida siempre con seductores hábitos en sus muchas potencias.

Para entenderlo bien, y para que te entiendas, para ayudarte a que escojas un camino menos equivocado que todos los demás, conviene que prepares un sancocho. Es posible que no conozcas este antiguo vocablo. El sabio Corominas lo trae en sus historias de palabras con fantasma y dice que hace siglos «cocho» era un participio de cocer, es decir, un cocido, y «san» o «son» un prefijo variable que quiso decir «poco». Pues sí, en mis tierras, el sancocho no es el aguamasa que se arroja a los cerdos, sino el equivalente al puchero o al cocido que comen en Europa. Pero, qué digo Europa, si el rústico sancocho es de todas las tierras, pues viajando he sabido que no hay rincón del mundo en donde no se arrojen al agua hirviendo todas las cosas comestibles que se puedan hallar y recoger. El potaje, la escudella, el guiso sancochado, la olla podrida, como las quieras llamar, son comidas hervidas parientas del sancocho. Aquel batiburrillo donde en vasija de barro se juntan los tres reinos de la naturaleza: el agua elemental del reino mineral, con trozos burdos de todo lo demás que haya de vivo entre lo vegetal o lo animal.

Sancochos hay de tierra, pero también de mar, y su receta, como ya has intuido, consiste en algo simple y antiguo cuyas proporciones precisas y adecuadas se deben más a la necesidad o a la abundancia que a la sabia intuición. El sancocho es espeso si hay con qué, y denso y sustancioso, o líquido y muy pobre de sustancia si es tiempo de escasez. Desde que existe el fuego y hay vasijas en que se puede hervir el agua que acarreas de lagos o quebradas, todo lo que dan el aire, la tierra, el mar, los ríos, se puede echar allí. Y si hay mucho echas mucho, y si hay poco echas poco, como siempre ha pasado en la alegre y penosa historia de los hombres.

Quiero darte, con todo, y no por chovinismo sino porque es aquella que conozco mejor, la receta del cocido, es decir del sancocho tal como se elabora en las montañas de los Andes. El agua es abundante, cristalina, fresca, de manantial, y has de vaciarla en el caldero más grande que poseas, de cobre o tierra horneada, me da igual. Pon después el caldero con el agua sobre el filo rojizo de las llamaradas ya vivas de la leña. Estoy exagerando; así se hacía en mi lejana infancia; ahora se permite, si te place, que uses las aguas lavadas por el municipio, las del grifo, y el gas que extraen del vientre de la Tierra, o la parrilla eléctrica que inventaron los físicos. El sabor no es el mismo, aunque si no lo sabes sabe igual. Sumerges de primero, en el agua caliente, los trozos del morrillo de una res que tendrás en aliños desde el día anterior. Todo esto debe hervir sin que se seque, a fuego lento, por seis o siete horas. El ajo, la cebolla, la pimienta, el pimentón, más la oculta sustancia de la carne irán creando el caldo, con despacio. No te olvides la sal.

Cuando el durísimo morrillo se haya resignado a enternecer, el caldo se enriquece con costilla o espinazo (lo que esté más barato) de cerdo, más dos o tres plátanos verdes en pedazos tan largos como tu dedo índice. Pela yucas y papas, mien-

119

tras tanto, y también arracachas, porque la yuca es el aporte de la tierra caliente, la papa la delicia de la tierra templada, y la arracacha el aroma de la tierra fría. Deshoja también dos o tres chócolos, y tenlos preparados para más adelante. La carne de un volátil, muslos y contramuslos, en preferencia, se agrega al potaje cuando ya la costilla haya perdido su crudez. Este pollo ha de estar aliñado también, con ajos y cebollas, y no lo eches muy pronto, porque no se deshagan sus carnes, más sensibles al hervor. Con los trozos de pollo o de gallina añade unas rodajas de zanahoria, y unos cuantos tomates picaditos, y dos tallos enteros de cebolla junca, que antes de servir retirarás. Mantén, en otra olla, abundante agua hirviendo (puedes hervir allí dos plátanos maduros, sin quitarles la cáscara hasta antes de comer, que se demoran poco) por si el caldo se seca y tienes que aumentarlo. Treinta minutos antes de la hora del convite, añades una col partida en partes burdas; deja pasar el tiempo y echas luego las papas por mitades, la yuca abierta en seis, la arracacha también por la mitad. En ese mismo orden, y espaciadas por diez y diez minutos. Falta poco, es el momento de añadir las mazorcas cortadas en tres. Sube el fuego, y cuando todo hierva con furor pon una manotada de cilantro picado en la sopera donde has de servir. Separa el caldo del revuelto, que es como se llaman en mi tierra los sólidos de carne y de verdura, y lleva a la mesa en dos grandes fuentes que humeen al llegar. Sírvelo con ají, aguacate y un poco de ensalada.

Está listo el sancocho. ¿Y este guisado rústico qué tiene que ver con ese revoltijo mental que te devana el seso? Pues mira: a cada verdura y a cada animal le darás, sin decirlo, el nombre respectivo de tus enamorados. Jorge se llamará, por ejemplo, la gallina; y Gustavo las papas, y Juvenal la carne, y Roberto la yuca y Mario la arracacha. Así, sin decir nada, como en una secreta comunión, a cada uno lo mezclarás en la cuchara con un poco de caldo, y probarás. Aquel que más te guste debe ser el escogido. Hay un problema: todo te gustará, y si no por igual, tan casi por igual que no sabrás bien cuál te gusta más, lo mismo que te pasa con los pretendientes. Poco habrás aclarado, me doy cuenta, pero eso es el sancocho: una manera de enterarse de que lo más diverso, contradictorio, en parte elaborado y en parte elemental, siempre nos va a gustar, pues nada es más apasionante que la variedad. La receta no sirve para escoger el buen amor, lo reconozco, pero al menos, si odias el plátano verde, o el maduro, o si la carne hervida te da bascas, no dudes en ponerle el nombre que detestas, por ejemplo Julián, y déjalo en el plato, sin probar.

Niega, niega, niega, di que no, que jamás, que no se te ha pasado por la mente. No, no estoy haciendo un elogio de la mentira, sino de la piedad. El hombre, como tú, prefiere no saber de una aventura que sólo fue casual. No lo tortures con una sinceridad y una franqueza innecesarias. No te confieses ni te sientas culpable. Y aunque haya indicios ciertos, niega, niega, que es mejor dejar una duda por la que el hombre pueda treparse hasta el olvido. Ya lo decía mi maestro Ovidio: «Como eres bella, admito que me traiciones; lo que no admito es que me hagas desgraciado haciéndomelo saber. Yo no pretendo con mi censura que te vuelvas pudorosa; lo que te pido es que intentes fingir».

Seré aún más concreto: ten piedad de nosotros; los hombres adoramos el engaño. Mejor dicho, no queremos saber la verdad, aunque en el fondo la intuyamos muy bien. No nos quites la posibilidad de seguirte queriendo. Así como no es posible vivir siempre desnudos, tampoco es soportable la verdad permanente. No te confieses, no seas transparente, no pretendas quitarte un peso de conciencia. O hazlo con un cura, pero jamás con tu pareja. No habrá culpa mayor que la incapacidad de esconder bien las culpas.

Para no declarar verdades inútiles, ya lo sabes, tómate a sorbos largos una de esas bebidas escocesas, con rocas o sin ellas. Y dale a él también un trago, que el whisky favorece sentimientos opuestos: alimenta el engaño y la credulidad.

Si encuentras a alguien que eres capaz de soportar (y ya es mucho), y ese alguien es también capaz de soportarte (y es ya casi sospechosa tanta coincidencia), y si a ratos no sólo lo soportas sino que lo quisieras más pegado a tu lado, y si llega a faltarte cuando se tarda mucho y si a su vista te vuelve la alegría, no temas, entonces, en someterte a esa desolación de la cercanía que es la convivencia: es posible que consigas aguantarla.

Algún día sentirás, si aún no ha llegado, la tremenda desolación de la convivencia. Él no te ve. De repente te hallarás convertida en un ser invisible: algo a sus ojos te desaparece. Para esta soledad en compañía no vale la alharaca, el llanto no obra efecto, ni la risa. Es una cruel sorpresa encontrarse viviendo con un ciego sordomudo que, sin embargo, sí ve la pantalla de la televisión, sí ve las motas de polvo en los rincones, las huellas de los dedos en todos los cristales, sí oye el timbre del teléfono, sí hace negocios a pleno vozarrón por la bocina.

Para este mal agudo, dicen algunas optimistas, hay una solución en la cocina. Y sugieren la siguiente receta con poder para cambiar el ánimo:

Conseguir seis perdices deshuesadas (tan hermosa perdiz que hace decir Pardiez). Lavarlas bien, muy bien, e irlas condimentando con sal y con pimienta. Dorarlas en mantequilla mezclada con aceite; agregarles después manotadas de hierbas aromáticas y cucharadas de crema de leche. Al horno van después en fuego regular hasta que estén bien hechas. Se sirven con puré y bien calientes.

Tan difíciles son de conseguir, en nuestros mercaditos, las perdices, que han sido pocas veces las que mis papilas han logrado probar este conjuro embrujador contra la indiferencia. Reemplaza las perdices por gallinitas enanas de Indonesia y fíjate si con esta pequeña trampa la cosa sale bien. Pero cuando un marido se empieza a quedar ciego, lo mejor es que empieces a hacer caso, tan sólo, a quienes sí te ven.

Témele a tu hermana, a tu mejor amiga, y témele también y por supuesto a la desconocida. Y desconfía de la que menos desconfianza te inspire, y conjura el influjo de la bruja, hierve la sangre de la vampiresa, horrorízate con las filudas uñas de la arpía y con la lasciva sonrisa que usa la coqueta.

Témeles, témeles a todas, acúsalas, atácalas, invócalas, azótalas. Es el método infalible para perderlo.

Porque los celos, dijo alguien, son un ladrar de perros que atrae a los ladrones. Y tienen además su parentesco con la cobardía, que mata tantas veces antes de la muerte. El celoso es cornudo antes de tiempo, pues cree las sospechas y niega las verdades. Como un hipocondríaco ve síntomas en todo. Y lo curioso es que la verdad, la certidumbre, produce menos dolor y menos rabia que la simple sospecha.

A propósito. Tengo un potaje (mental) para calmar los celos, para disimularlos, por lo menos, si no para curarlos. Imagínate lo peor: piensa que él pasa su boca por los pelos de su vientre, figúrate su sexo entrando por el sexo de tu peor enemiga, oye incluso sus gemidos de gusto. Ya. De ahí no sigue más: o sí, que él sonríe y está feliz con ella, en otra parte. Ya sí no hay más. Eso es lo peor, lo máximo. ¿No te calmas un poco? No, claro que no. Resulta que contra los celos no hay receta.

No hay comida tan buena que a veces no haga daño. Por una vez que te falta, no rompes con tu amigo para siempre. Incluso el agua ahoga.

Si alguno de mis consejos, alguna vez, no te cayó muy bien, o tuvo efectos perniciosos, te ruego que le des una segunda oportunidad. Si vuelve a fracasar, no dudes, arranca y rasga la página culpable de este libro inocente.

No te enojes si pienso que tú no eres igual todas las tardes. Hay días que amaneces con cara de tormenta, y madrugadas en las que no soportas ni el canto de los pájaros ni el silbido de él y menos sus canciones destempladas al ritmo monocorde de la ducha. Hay crepúsculos trágicos en los que una frase que oíste el otro abril te revela un secreto que hasta ese atardecer no habías acertado en descubrir. Los cuentos que te cuentas cuando vas caminando a solas por la calle tienen un color ácido y dejan en la lengua los sabores de un cubierto oxidado y herrumbroso. También la luna crece y las mareas bajan; sólo los machos piensan que uno siempre es el mismo y lo que es, cuando lo que se nota es que siempre eres otra cada mes. Tienes un círculo de sensaciones y ánimos que a veces se repite o avanza en espiral. Tan serena y feliz en los primeros días, tan dispuesta y sensual en la mitad, tan áspera y sensible hacia el final. Al lado de las listas del mercado, apunta, si me crees, cuando te sientes mal, y vigila los pulsos de tu sangre, y descubre cuándo te quieres y te quieren más, cuándo te odias y te regañan más. No digo que esto sea un cronómetro ni un reloj de precisión; tengo amigas estables como los lagos en calma, pero hay otras que rugen con su ciclo vital, como si un resto de celo o repelencia les quedara de aquellos tiempos en que todos vivíamos en las sabanas de África.

Una de las mujeres que han dictado este libro, quizás la cocinera a quien le creo más, dice que en esos días previos, que los médicos llaman con nombre impronunciable por lo desapacible e impersonal, es conveniente hacer estos tres ejercicios culinarios: un ayuno de dulce, riguroso, es decir, suspender el azúcar en granos, postre o miel; comer carnes muy blancas (de pescado de mar), tomar leche de vaca, varios vasos al día, porque lo blanco te ayuda a mejorar, y no comer tres veces, como sueles, sino dos veces más, hasta llegar a cinco meriendas que sean poco abundantes, pero que no te dejen vacía durante mucho tiempo. Si vas al médico y te receta calcio, no tortures tu estómago con píldoras que no has de digerir: devórate las uñas, que será un sustituto sin riesgo de rechazo, porque tus uñas son tu misma piel.

Nunca olvides que el hombre confunde las urgencias de su cuerpo con pálpitos de amor. Como un robot de hormonas, sin pensarlo, cree que su simiente se debe inocular en todas las mujeres que pasen frente a él, siempre y cuando les muestren síntomas evidentes de fertilidad. Un solo pensamiento los tortura: ese. Y esa es la gasolina para el motor subido de revoluciones con el que ellos compiten en el deporte, en la fuerza, en el trabajo, e incluso en esas artes supuestamente sublimes del espíritu. Su apetito es tan grande de los frutos que ven sobre tu piel, que están dispuestos a pasar hambre, desvelos, penas, sed, con tal de degustarlos, ya que no es de otro tipo el alimento que más quieren comer. Víctimas de sí mismos, no siempre están contentos con semejantes ímpetus, y no pocos de ellos, hartos de tanto instinto, dicen con un poeta cordobés: «Déjame en paz amor tirano, déjame en paz». Pero pocos consiguen liberarse, y de ahí que no cesen en buscar.

No siempre son hipócritas al declararse: ellos creen querer porque desean, pero son inconstantes y huidizos después que las mujeres les conceden aquello que en retórica de cursis se dice con la frase «el más preciado don». Se enamoran tres días, tres meses o tres años, y después se sorprenden por dejar de querer. O por querer a otras. Recuerda que aunque tú seas pura calidad, ellos prefieren la bruta cantidad.

No digo que por esto desconfíes de cuanto macho se te acerque, o que nunca permitas que te toquen por encima de la segunda falange del meñique. Pero un poco conviene que los hagas suspirar, ansiar, soñar, porque aquellos que se acercan con un único fin inconfesable (yo confiaría más en quienes lo confiesan) no llegan casi nunca a tres salidas de paciencia, y antes se marcharán en busca de otros muslos menos recatados. Si no son impacientes les gustará hacer ganas.

Ha sido tradición de cocineras hábiles que el banquete mejor no sea lo primero que se da. El entremés de una mirada, el aperitivo de una sonrisa o un beso de relámpago, fugaz, la entrada suave de la piel de los brazos, nada más, es suficiente acicate para un hombre que se quiera quedar. Cuando es razonable, los hombres no desdeñan que haya resistencia. Y si ves que degusta con deleite esos platillos en los que todavía no has desplegado a fondo lo que sabes, cuando aún no has mostrado tus mejores recetas, es posible que luego te aprecie, y que disfrute más lo que le ofrezcas, lo cual será ventaja para él y para ti. Recuerda que para los platos fuertes y completos es bueno haber hecho hambre y ayunado de sed en una dosis mínima que tú debes saber.

Ya escrito lo anterior, me quiero arrepentir. En otras páginas de este breve manual de nimiedades, te he sugerido que jamás desdeñes la ocasión. No me desmiento. En estos días en que no escasean los hombres adamados, las oportunidades de tener aventuras no te llueven del cielo, y a veces hay que agarrarlas al instante, para que no se pierdan. Si vas detrás de una aventura, o de pasar el rato, o si percibes que si no te concedes todo se ha de perder, trata de ser tan fácil como puedas. No sigas estrategias, no hagas el sacrificio de esperar, también tiene su encanto dar el menú completo desde la primera vez.

¿Debe estar este humilde manual de culinaria en la cocina? No soy gotoso gourmet goloso o gran gastrónomo; mi oficio, si es que yo tengo alguno, es un antiguo e impreciso vicio de pasear los ojos por las letras: lector. Y en esta ocupación he hallado que tampoco son exactas mis colegas redactoras de recetas para amas de casa. Doña Sofía Ospina, por ejemplo, dice de algunos platos que se pongan al horno «el tiempo necesario» y se saquen de allí «cuando estén listos»; y Maraya de Sánchez, Cordon Bleu, para una receta recomienda que se le eche «un número de huevos adecuado»; doña Simone Ortega, pariente del filósofo, usa medidas tan secretas como «un poco, una pizca y un tris».

Yo no soy más exacto ni pretendo superar a mis maestras. Mi ambición es buscarle solución a tu melancolía y el camino verdadero me lo dio un poeta de Inglaterra, aquel que hizo decir a uno de sus personajes, casi loco de exceso de cordura: «Dame una onza de almizcle, buen boticario, para perfumar mi imaginación». Yo no quisiera ser nada distinto a eso, un buen apotecario, un farmaceuta, el dueño de las recetas para perfumar tu fantasía.

Sobre el autor

Héctor Abad Faciolince (Medellín, Colombia, 1958) es sin duda una de las voces primordiales de la literatura colombiana contemporánea. Estudió Lenguas y Literaturas Modernas en la Universidad de Turín, Italia. Es columnista del diario *El Espectador,* de Bogotá, colaborador habitual de *El País* y de la revista literaria *El Malpensante.* Entre otros, Abad ha publicado los siguientes libros: *Asuntos de un hidalgo disoluto* (Alfaguara, 1994); *Tratado de culinaria para mujeres tristes* (Alfaguara, 1997, traducida al italiano, alemán, griego, portugués e inglés); *Fragmentos de amor furtivo* (Alfaguara, 1998); *Angosta* (2003), y *Traiciones de la memoria* (Alfaguara, 2009). Con su tercera novela, titulada *Basura,* obtuvo en España el I Premio Casa de América de Narrativa Innovadora. Su libro más celebrado es *El olvido que seremos* (2006), el cual recibió recientemente los premios Casa de América Latina en Portugal, y WOLA-Duke en Estados Unidos.

Este libro se terminó
de imprimir en
Casarrubuelos, Madrid,
en el mes de
mayo de 2023